Harry Potter

필 / 름 / 볼 / 트

VOLUME 4

Harry Potter

필 / 름 / 볼 / 트

Volume 4

호그와트 학생들

조디 리벤슨 지음 | 고정아, 강동혁 옮김

문학수첩

들 어 가 며

호그와트 마법학교에서 아이들은 용기와 위안을 줄 평생의 친구들을 사귀게 된다. 아마 그보다 중요한 것은 이 친구들이 트롤과 싸울 때나 시간 여행을 할 때, 어둠의 마법사와 싸워야 할 때 도움이 될 거라는 사실이다. 해리 포터 소설이 영화로 제작된다는 소식이 발표되자 수천 명의 어린이들이 오디션을 보려고 줄을 서거나 동영상을 보내왔다. 이들은 해리 포터, 론 위즐리, 헤르미온느 그레인저, 혹은 그들의 친구로 캐스팅되기를 바랐다.

크리스 콜럼버스 감독은 말한다. "아이들은 실제로 친하게 지내야 했고, 전 세계 아이들이 공감할 수 있는 인물이어야 했습니다. 카메라가 특히 좋아하는 특징도 가지고 있어야 했고요. 그런 아이들은 보면 스타라는 느낌이 옵니다." 그래서 호그와트 학생들, 특히 언론에서 '안경 쓴 녀석', '여자애', '또 다른 녀석'이라고 부른 아이들을 찾는 과정이 시작됐다.

에마 왓슨은 기나긴 오디션 과정을 거쳐, 결국 해리와 론 역할을 맡은 다양한 배우들을 상대로 시범 연기를 펼쳐야 할 헤르미온느 그레인저 역 최종 후보 중 한 명이 되었다. 에마는 말한다. "우리 셋의 '케미'와 함께 있는 우리 모습이 어떻게 보이는지가 엄청나게 중요했던 건 분명해요. [제작자] 데이비드 헤이먼은 제가 꽤 일찍 캐스팅됐다고 했는데, 미리 알았으면 좋았을 걸 그랬어요. 그랬다면 잠 못 이룬 밤이 훨씬 줄어들었을 텐데요."

루퍼트 그린트는 〈해리 포터와 마법사의 돌〉 캐스팅이 시작되기 1년 전 론 위즐리 닮은꼴 찾기 대회에 참가했다. "우승했어요." 루퍼트는 자랑스럽게 말한다. "저는 늘 론과 연결된 기분이었어요. 책을 읽었을 때는 영화가 나온다면 제가 론을 할 수 있을 거라고 계속 말했죠." 루퍼트는 자기가 이 배역을 얼마나 간절히 원하는지 설명하는

위: 에마 왓슨(헤르미온느 그레인저)이 〈해리 포터와 마법사의 돌〉에서 호그와트 교복을 입고 포즈를 취하고 있다.
아래: 〈해리 포터와 혼혈 왕자〉의 6학년 학생들이 마법약 수업의 과제를 듣고 있다. 딘 토머스(앨프리드 이넉), 헤르미온느 그레인저(에마 왓슨), 네빌 롱보텀(매슈 루이스), 론 위즐리(루퍼트 그린트), 라벤더 브라운(제시 케이브), 리앤(이저벨라 래플랜드), 셰이머스 피니건(데번 머리).
5쪽 위: 〈해리 포터와 불사조 기사단〉에서 헤르미온느가 해그리드의 거인 동생 그룹을 만나는 장면. 애덤 브록뱅크 비주얼 개발 작업 아트워크.
5쪽 아래: 의상 팀은 의상 콘티 보고서를 작성해 같은 장면에서 캐릭터의 옷이 바뀌지 않도록 한다. 왼쪽 보고서는 덤블도어가 특정 장면에서 입는 옷의 목록이고, 오른쪽 보고서는 〈해리 포터와 비밀의 방〉에서 폭스가 기숙사 배정 모자를 가지고 나갈 때 모자를 접는 정확한 방법을 소개한 것이다.

랩이 담긴 동영상을 보냈고 캐스팅 감독의 연락을 받았다.

해리 포터 역할을 할 적절한 배우를 찾는 데는 오랜 시간이 걸렸다. 수백 명이 오디션을 봤지만, 데이비드 헤이먼은 대니얼 래드클리프를 만났을 때야 해리를 찾았다는 걸 알게 됐다. 이후 대니얼은 크리스 콜럼버스 감독의 오디션을 치렀다. 콜럼버스는 말한다. "대니얼의 눈을 보면 뭔가가 일어나고 있다는 걸 알 수 있었습니다. 댄에게는 마법이, 내면적인 깊이가 있었고 다른 누구에게도 없는 어둠이 있었습니다. 댄에게서는 또래의 다른 아이들에게서 한 번도 본 적 없는 지혜와 지성이 느껴졌어요."

배우들이 캐스팅되자 호그와트 학생들에게 입힐 독특한 교복을 만들어야 했다. 의상 디자이너 주디애나 매커브스키는 〈마법사의 돌〉에서부터 학생들에게 입힐 로브, 스웨터, 치마를 만들었다. 매커브스키는 이 스타일을 '학생 마법사 룩'이라고 불렀다. 19세기 영국 기숙학교의 교복을 따온 것이었다. 〈해리 포터와 아즈카반의 죄수〉에서는 영화에 활용된 의상에 새로운 접근 방법을 도입했다. 이야기가 더 어두워지고 아이들도 성장했기 때문이었다. 새로운 의상 디자이너 자니 트밈은 길거리에서 영감을 얻었다. 트밈은 말한다. "마법사 세계는 자신만의 전통과 문화를 갖춘 비밀스러운 사회지만, 현대 세계를 무시할 수는 없습니다. 마법사들은 현대 세계와 평행하게 살아가죠." 그래서 트밈은 학생들에게 후드 달린 로브를 입히는 데서 그치지 않고, 실제 후드 티를 비롯한 머글 옷을 입혔다.

여러 해가 지나는 동안 대니얼 래드클리프와 루퍼트 그린트, 에마 왓슨은 무척 잘 어울렸다. 대니얼은 회상한다. "우리 모두 각자가 연기한 캐릭터와 비슷하거든요. 루퍼트는 아주 웃기고, 에마는 아주 똑똑해요. 저는 그 중간이고요. 제 생각에는 해리가 그런 것 같아요."

'안경 쓴 녀석', '여자애', '또 다른 녀석', 그리고 그들의 친구와 적들을 캐스팅하고 나자 해리 포터와 동료 학생들은 호그와트에 입학할 준비가 되었다.

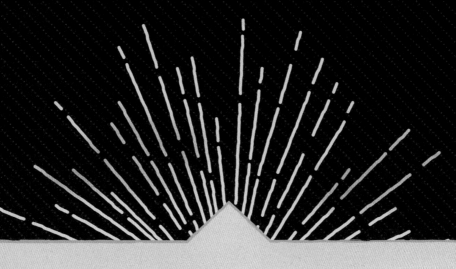

Chapter 1

호그와트 학생들

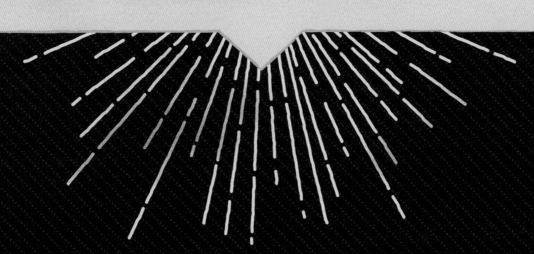

해리 포터

적응은 〈해리 포터〉 세계 전반에 걸쳐 표현되는 한 가지 주제다. 그리고 그것을 가장 잘 드러내는 것은 영화 〈해리 포터와 마법사의 돌〉에 처음 등장하는 장면에서 해리 자신이 물려받은 옷을 입고 있다는 사실일 것이다. 해리는 이모네 집에서 억압받으며 살아가고, 덩치 큰 사촌 더들리에게 옷들을 물려 입는다. 하지만 이 옷들은 너무 커서 문자 그대로 해리의 몸에는 '맞지' 않는다. 그러다가 해리는 호그와트에서 온 편지를 받는다.

당연하게도, 이 상황은 의상 디자인에 반영되어야 했다. 〈해리 포터와 마법사의 돌〉의 의상 디자이너 주디애나 매커브스키는 해리가 프리빗가의 중산층 머글 세계를 나와 다이애건 앨리와 마법 세계에 들어가는 장면에서, 관객들이 〈오즈의 마법사〉의 도로시가 에메랄드 도시에 들어섰을 때와 같은 놀라움을 느꼈으면 했다. 매커브스키는 말한다. "해리는 자신이 속했던 것과 전혀 다른 세계로 떠나게 되죠. 그래서 첫 번째 영화는 해리가 상상도 못 해본 새로운 세계에 들어갈 때의 놀라움을 전달해야 한다고 생각했어요." 이를 위해서 매커브스키는 마법사들의 복장을 현대인들이 알아볼 수 있는 다른 시대의 느낌을 주면서도 현대 세계와 아주 어긋나 보이지 않도록 디자인했다. "하지만 해리는 일단 호그와트에 들어간 후에는 그 세계에 잘 적응하죠."

제작진은 처음에 미국판 《해리 포터와 마법사의 돌》 책 표지에 실린 해리의 복장

6쪽: 〈해리 포터와 아즈카반의 죄수〉에서 해리와 헤르미온느가 벅빅을 구하기 위해 적당한 때를 기다리고 있다.
원 안: 〈해리 포터와 마법사의 돌〉에서 해리가 골든 스니치를 들고 있다.
왼쪽: 〈해리 포터와 마법사의 돌〉의 해리는 아직 다이애건 앨리와 '어울리지' 않는다. 의상 디자이너 주디애나 매커브스키는 다이애건 앨리를 디킨스풍으로 만들었다.
오른쪽: 〈해리 포터와 아즈카반의 죄수〉를 위해 자니 트밈이 새로 디자인한 호그와트 로브 스케치. 로랑 귄치 의상 그림.
9쪽: 〈해리 포터와 죽음의 성물 1부〉의 홍보용 사진.

을 시험해 보았다. 매커브스키는 말한다. "나라별로 표지 그림이 다 달랐어요. 그중에서 빨강-하양 럭비 셔츠와 청바지에 컨버스 운동화 차림의 해리를 모델로 삼아서 거기에 마법사 로브를 입혀보았는데 잘 되지 않았어요. 하지만 사람들은 좋아했죠. 이따금 해리에게 입혀보기도 했는데, 크리스 콜럼버스가 거절했어요." 매커브스키는 마법학교 로브는 자유로운 것보다 통일성을 주는 편이 학교의 분위기를 전달하는 데 더 적절했다고 생각한다. "3편이라면 좀 더 자유로운 쪽이 어울렸겠죠."

〈해리 포터와 아즈카반의 죄수〉 팀에 의상 디자이너 자니 트밈이 합류했을 때, 알폰소 쿠아론 감독은 자라나는 배우들이 호그와트 학교 로브 외에 현대적인 옷을 더 많이 입어야 한다고 결정한 상태였다. 이 결정 덕분에 트밈은 각 캐릭터별로 색깔 조합을 만들어 시각적 이미지를 완성할 수 있었다. 트밈은 해리 포터를 '아웃사이더'로 보았다. "그는 자신이 어디에 속했는지 모르는 소년이죠. 참 외로운 아이라고 생각했어요." 트밈은 해리에게 청회색, 암청색, 단색 체크무늬 등 차분하고 어두운 색을 입혔다. "자신이 아무 데도 속하지 않았다고 느낄 때, 자신의 처지가 편하지 않을 때 밝은색 옷은 입고 싶지 않은 법이죠." 하지만 그리핀도르의 진홍색은 예외였다. 해리는 볼드모트나 그가 이끄는 어둠의 세력과 싸울 때면 종종 진홍색 옷을 입었다.

〈해리 포터〉의 캐릭터들을 책에서 영화로 옮길 때, 몇 가지 수정이 필요했다. 책에서는 해리의 눈동자가 녹색이다. 눈동자가 파란색인 대니얼 래드클리프는 처음에는 콘택트렌즈를 꼈지만, 렌즈가 맞지 않는 체질이라서 눈에 염증이 나고 부었다. (〈해리 포터와 마법사의 돌〉의 마지막 장면은 대니얼의 눈이 붉게 충혈되기는 했지만 녹색으로 나오는 유일한 장면이다.) 제작진은 영화 속 해리의 눈을 파란색으로 촬영하기로 결정했다. 대니얼은 니켈 합금으로 만들어진 그 상징적인 안경도 써야 했다. 그런데 촬영이 시작된 후 얼마 지나지 않아 대니얼의 얼굴에 뾰루지가 났다. 청소년기에는 흔한 일이었지만, 대니얼의 아버지 앨런은 대니얼의 안경테 자리를 따라 눈가

위: 해리 포터가 〈해리 포터와 아즈카반의 죄수〉에서 모자 달린 스웨터를 입고 있다.
아래 왼쪽: 해리가 쓴 수천 개의 안경 가운데 하나.
아래 오른쪽: 〈아즈카반의 죄수〉부터 호그와트의 교복은 다른 조합으로 바꿔서 입을 수 있게 되었다.
11쪽 위에서부터 아래로: 〈해리 포터와 마법사의 돌〉의 콘티 사진들.

SC. 13
HARRY

SC. 12
HARRY

GAP FLAT FRONT SLIM FIT · 34X30
T SHIRT
SHIRT

투명 망토

의상 팀은 해리 포터의 투명 망토를 만들 때 두꺼운 벨벳 천을 염색한 다음, 별자리 기호와 켈트족 상징을 새겨서 여러 가지 버전으로 만들었다. 이 망토는 〈해리 포터와 마법사의 돌〉에서 알버스 덤블도어가 해리 포터에게 크리스마스에 준 것이다. 그중 하나는 대니얼 래드클리프(해리 포터)가 들거나 그린스 그린 제교로 민든 옷 위에 입을 때 사봉뇌었다. 대니얼을 투명하게 만들 때는 안감을 그린스크린 재료로 만든 것을 사용했다. 대니얼은 녹색 면이 겉으로 드러나도록 망토를 뒤집어서 몸 위에 둘렀다.

론과 해리가 투명 망토에 대해 배우고 있다.
후반 작업에서 그린스크린 재료로 만든
망토 안감 부분을 제거하면.
스크린에서는 해리의 몸이 보이지 않게 된다.

〈해리 포터와 불의 잔〉에서 리틀 행글턴 묘지에서 벌어진 해리 포터와 볼드모트 경의 결투.
애덤 브록뱅크 콘셉트 아트.

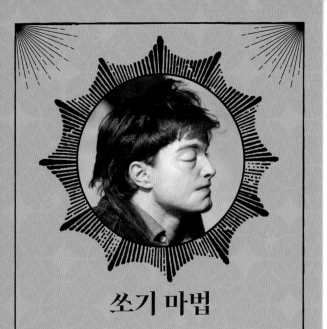

쏘기 마법

〈해리 포터와 죽음의 성물 1부〉에서 해리, 론, 헤르미온느가 인간 사냥꾼들에게 잡혔을 때, 헤르미온느는 해리의 얼굴을 알아보지 못하게 만들려고 쏘기 마법을 쓴다. 특수 동물 효과 디자이너 닉 더드먼은 이 주문의 분장을 세 단계로 만들었다. 여러 장면이 지나는 동안 주문이 서서히 풀리면서 효력이 사라져야 하기 때문이다. 주문의 효과가 가장 강했을 때 대니얼 래드클리프는 부은 눈을 포함해 얼굴에 몇 가지 보형물을 착용했다. 관객은 해리를 알아도 볼드모트의 부하들은 해리를 알아보지 못하는 것이 이상하게 느껴지지 않도록 더드먼은 분장에 공을 들였다. 어맨다 나이트는 대니얼의 일그러진 얼굴을 보는 것은 배우에게도 스태프에게도 힘든 일이었지만, 가장 힘든 사람은 대니얼이었다고 회상했다. 분장에만 네 시간이 걸렸고, 그 분장을 지울 때까지 아무것도 먹지 못했으니까.

에 동그랗게 뾰루지들이 났다는 사실에 주목했다. 대니얼에게 니켈 알레르기가 있다는 사실이 밝혀졌고, 안경테는 좀 더 안전한 재료로 바뀌었다. 렌즈에 조명이나 카메라가 반사되면 안 되기 때문에, 안경에는 대부분 렌즈가 없었다. 모든 촬영이 끝났을 때, 대니얼은 맨 처음에 썼던 안경과 가장 마지막에 썼던 안경을 기념품으로 골랐다.

해리의 흉터는 고정 형판을 이용해서 매일 이마에 새기고 보형물로 부풀렸다. 〈해리 포터〉 영화 여덟 편을 모두 담당한 수석 분장사 어맨다 나이트는 대니얼의 어린 시절을 이렇게 회상했다. "대니얼은 수업 시간에 자꾸만 흉터를 떼곤 했어요. 우리는 어린 배우들이 공부할 수 있도록 현장에 학교를 두었는데, 대니얼은 늘 흉터가 헐렁하게 떨어진 상태로 촬영장에 돌아오곤 했습니다." 나이트는 촬영장 상황에 따라 해리의 분장을 조금씩 바꾸었다. "볼드모트가 해리 근처에 있으면, 그를 조금 더 창백하게 만드는 동시에 흉터는 더 진하고 붉고 성난 모습으로 만들었지요. 흉터에 시선을 빼앗기지 않을 정도의 이런 분장 변화는, 배우들에게 장면 분위기를 형성하는 데 도움이 되었을 거예요." 해리 포터의 흉터는 어림잡아 5,000번 이상 새겨졌는데, 그중 2,000번은 대니얼 래드클리프에게, 3,800여 번은 스턴트 대역들에게 새겨졌다.

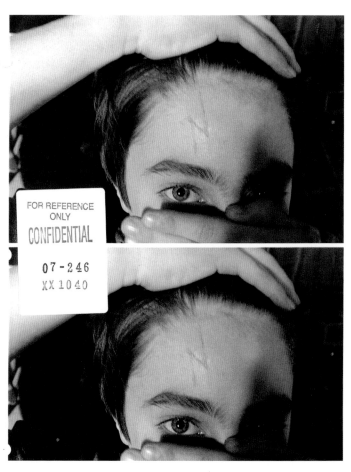

대니얼 래드클리프가 이마에 2,000번 이상 새긴 해리 포터의 흉터 콘티 사진.
15쪽 위: 〈해리 포터와 불사조 기사단〉에서 해리가 디멘터와 마주치는 장면.

위: 헤르미온느의 쏘기 마법의 결과.
아래: 쏘기 마법 분장을 한 대니얼 래드클리프와 대역 라이언 뉴베리(왼쪽), 스턴트 대역 마크 메일리(오른쪽).

해리의 마법 지팡이

"난 그냥 해리야. 그냥 해리라고."

해리 포터, 〈해리 포터와 마법사의 돌〉

도안가 해티 스토리는 말한다. "J.K. 롤링이 애초에 생각한 마법사의 지팡이는 '그냥 오래된 막대기'였어요." 그래서 첫 번째와 두 번째 영화의 마법 지팡이들은 대개 단순한 직선형이고 장식도 없었다. 하지만 알폰소 쿠아론 감독은 〈해리 포터와 아즈카반의 죄수〉에서 지팡이를 각기 독특하게 만들어서 마법사 개개인에게 특별한 의미를 부여했다. 그래서 몇 가지 유형의 개성 있는 지팡이들이 만들어졌고, 배우들의 선택을 받았다. 대니얼 래드클리프는 아주 자연 친화적인 느낌의 지팡이를 골랐다. 해리의 지팡이는 아름다운 적갈색의 인도 자단으로 만들었다. '나무껍질' 부분은 진짜 나무를 조각해서 만들었다. 소품 모델링 작업자 피에르 보해나는 말한다. "손잡이 맨 끝은 나무옹이로 만들었어요. 나무옹이는 나무 아래쪽에 자연스럽게 생기는 혹 같은 건데, 이것이 작은 지팡이에 강한 개성을 주죠." 대니얼은 〈해리 포터〉 영화 전 시리즈에 출연하면서 70개에 가까운 지팡이를 사용했다.

론 위즐리

영화 속 첫 등장:
〈해리 포터와 마법사의 돌〉
재등장:
〈해리 포터와 비밀의 방〉,
〈해리 포터와 아즈카반의 죄수〉,
〈해리 포터와 불의 잔〉,
〈해리 포터와 불사조 기사단〉,
〈해리 포터와 혼혈 왕자〉,
〈해리 포터와 죽음의 성물 1부〉,
〈해리 포터와 죽음의 성물 2부〉
기숙사: 그리핀도르
신분: 호그와트 학생, 그리핀도르 파수꾼(6학년)
소속: 덤블도어의 군대
패트로누스: 잭 러셀 테리어

배우 루퍼트 그린트는 〈해리 포터〉를 처음 소설로 읽었을 때부터 론에게 친근감을 느꼈다. 루퍼트는 웃으며 말한다. "우리는 공통점이 많았어요. 무엇보다 전 붉은 머리죠. 또 둘다 대가족 출신이에요. 책을 읽으면서 우리 가족과 위즐리 가족이 굉장히 비슷하다고 느꼈어요." 루퍼트는 여러 번의 오디션을 거쳐 마침내 론 역을 맡게 되었다. 그런데 막상 그 소식을 들은 날 자신의 반응은 기억 못했다. "멍해지지는 않았던 것 같아요. 이상하게도 제가 기억할 수 있는 건 그 소식에 엄청나게 행복했다는 것뿐이에요."
주디애나 매커브스키가 론 캐릭터에 접근한 방식은 위즐리 가족의 분위기를 정의할 때 도움이 되었다. "위즐리 가족은 다른 마법사 가족들만큼 부유하지 않아요. 그런 이유로 따돌림 비슷한 것도 당하고요. 그래서 론의 옷은 조금 다르게 만들었어요. 론의 어머니는 아이들 옷을 전부 직접 만들어서 입혀요. 옷 짓는 걸 좋아하기도 하지만, 현실이 그렇기 때문이죠. 론은 잘 어울리지 않는 조금 촌스러운 뜨개 스웨터를 많이 입었어요." 몰리가 매년 크리스마스 선물로 주는

원 안: 〈해리 포터와 마법사의 돌〉에서 론 위즐리가 몰리 위즐리의 특별한 크리스마스 선물인 이니셜 스웨터를 입고 있다. **16쪽:** 〈해리 포터와 죽음의 성물 1부〉의 루퍼트 그린트 홍보용 사진.
위: 〈해리 포터와 아즈카반의 죄수〉에서 호그스미드로 가는 헤르미온느와 론. 론의 스웨터는 몰리 위즐리의 매우 고전적인 취향이다. **오른쪽:** 〈해리 포터와 불의 잔〉에서 론이 크리스마스 무도회에 입고 가는 독특한 옷 스케치. 자니 트밈 의상 디자인, 마우리시오 카네이로 그림.

"그런데 나는 론이야,
론 위즐리."

론 위즐리,
〈해리 포터와 마법사의 돌〉

'이니셜' 스웨터는 하나의 전통이 되었다.

자니 트밈은 론의 의상 작업을 할 때 가장 즐거웠다고 말한다. "매년 론의 의상을 준비했고, 그때마다 많이 웃었어요. 정말 형편없었으니까요. 엄마가 주는 옷이니 입어야 했지만, 론 엄마의 패션 센스는 최악이었고, 그 점에서 론은 너무 불운했죠. 하지만 론은 그런 옷들도 잘 소화해 냈죠. 루퍼트는 모든 옷을 캐릭터에 100퍼센트 어울리게 입었고, 그래서 너무 빛났어요. 론이 워낙 호감형이었기 때문에, 옷에 대한 취향 문제는 걱정하지 않았어요. 다행스럽게도, 론이 좀 더 자라면서 어머니는 자녀들에게 옷 만들어 입히기를 그만두었죠. 하지만 론은 예전 스타일을 완전히 탈피하지는 못했어요."

위즐리 가족이 붉은 머리이기 때문에, 트밈은 론과 이 가족의 색깔 톤을 확고하게 정했다. "위즐리 가족의 색으로는 항상 오렌지색, 갈색, 녹색 계통을 썼어요." 트밈은 격자무늬, 체크무늬와 줄무늬를 사용해 위즐리 가족 옷의 질감을 표현하곤 했다. 때로는 이 모든 특징이 옷 한 벌에 모두 나타나기도 했다.

18쪽 위: 〈해리 포터와 아즈카반의 죄수〉에서 론이 입은 옷에는 위즐리 가족의 색깔 톤이 잘 반영되었다.
18쪽 아래: 〈해리 포터와 마법사의 돌〉의 콘티 사진들.
위: 〈해리 포터와 혼혈 왕자〉 세트장의 루퍼트 그린트.
아래: 〈해리 포터와 죽음의 성물 1부〉에서 론과 아버지 아서(마크 윌리엄스)를 보면 트밈이 즐겨 사용했던 체크무늬로 옷의 질감을 표현한 방식을 알 수 있다.

론의 마법 지팡이

론 위즐리의 첫 번째 지팡이는 단순한 막대기 모양이었
다. 그런데 〈해리 포터와 비밀의 방〉에서 후려치는 버드
나무가 부러뜨리고 만다. 두 번째 지팡이는 위즐리네의
소박한 취향이 반영된 것이다. 피에르 보해나는 이렇
게 말한다. "해리의 지팡이와 조금 비슷하지만 그렇게
세련된 건 아니에요. 론의 지팡이는 급히 깎은 나무뿌
리에 더 가깝죠." 배우들이 사용한 마법 지팡이들은 나
무로 모형을 떴지만, 송진으로 제작되었다. 이에 대해
보해나는 다음과 같이 설명했다. "나무 지팡이는 사용
하는 데 여러 가지 위험이 따랐어요. 떨어지면 깨지면
서 산산조각 났거든요. 나무는 본성상 습기와 열, 추위
의 영향을 받았고, 휘어지거나 부러질 수도 있어서 날
마다 사용하기에 적합한 실용적인 재료가 아니었어요."

위: 〈해리 포터와 비밀의 방〉에서 론 위즐리가 어머니가 보낸 하울러에
놀라는 모습. 애덤 브록뱅크 그림.
아래: 〈해리 포터와 마법사의 돌〉에서 아직 호그와트 로브를 입지 않은
론과 해리가 호그와트 급행열차에 타고 있는 모습.
21쪽 왼쪽: 새로운 그리핀도르 파수꾼이 된 루퍼트 그린트의 모습. 〈해
리 포터와 혼혈 왕자〉의 홍보용 사진.

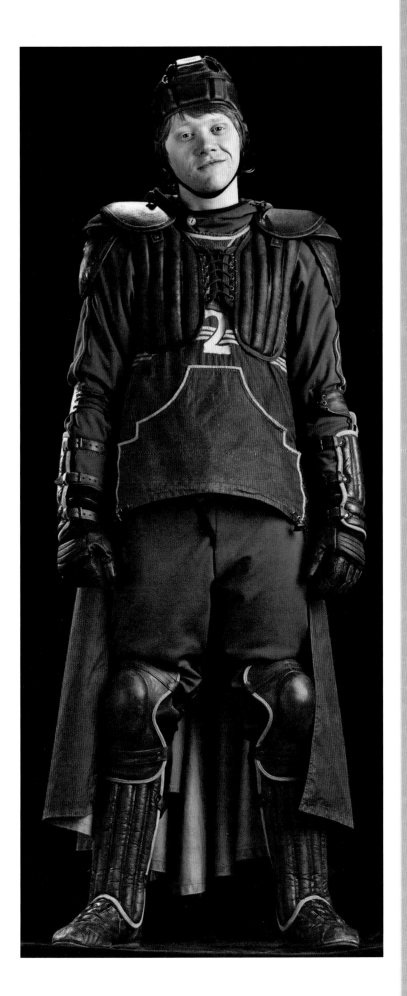

가장 큰 상처는?

〈해리 포터〉 영화 촬영 초기에, 대니얼 래드클리프와 루퍼트 그린트는 누가 상처 분장을 더 크게 하는지 겨루곤 했다. 어맨다 나이트는 이때를 회상했다. "그 때는 둘 다 상처가 클수록 좋다고 생각했던 것 같아요. 하지만 몇 주에서 몇 달 동안 촬영이 계속되자, 분장 시간이 짧은 쪽을 더 좋아하더라고요!"

위: 〈해리 포터와 아즈카반의 죄수〉에서 퀴디치 경기를 마친 해리 포터, 긁히고 멍든 모습이다.
아래: 〈해리 포터와 죽음의 성물 1부〉에서 어깨가 분할된 분장을 하는 루퍼트 그린트.

헤르미온느 그레인저

"처음 몇 편을 찍을 때는 인터뷰 때마다 '저는 헤르미온느와 전혀 달라요'라고 말했어요. 모두에게 정말 그렇다고 강조했죠." 헤르미온느 그레인저를 연기한 배우에마 왓슨의 말이다. "하지만 평소에 학교에서 저는 정말 열심히 공부하고 몹시 소심하면서도 조금은 말괄량이었어요. 그러니까 정말 헤르미온느와 비슷했던 거죠! 저의 그런 점들이 이 역할을 이해하는 데 도움이 된 것 같아요. 전 헤르미온느보다는 운동을 잘하지만, 결국엔 우리가 닮았다는 사실을 인정하게 됐어요."

주디애나 매커브스키는 호그와트 옷을 입지 않을 때의 헤르미온느 그레인저의 의상들을 만들 때 고전적인 영국 복장을 참고했다. "30년대와 40년대의 영국 기숙학교를 연상시키는 주름치마, 무릎 양말, 세련되고 따뜻한 손뜨개 스웨터를 찾아보았어요. 우리는 이런 복장이 헤르미온느에게 가장 잘 어울린다고 생각했죠. 헤르미온느는 적응 문제로 고민이 많아 보였고, 그래서 더 잘 어울린다고 생각했어요."

책에서 헤르미온느는 뻐드렁니가 있는 것으로 묘사되었다. 그 때문에 분장 팀은 〈해리 포터와 마법사의 돌〉에서 에마가 착용할 의치를 만들었다. 크리스 콜럼버스 감독은 이때를 이렇게 회상한다. "그걸 끼면 좀 바보 같아 보였고 발음에도 영향을 주었지만, 일단은 촬영 첫날 사용해 보기로 했어요." 그날의 러시들(편집하지 않은 촬

영화 속 첫 등장:
〈해리 포터와 마법사의 돌〉

재등장:
〈해리 포터와 비밀의 방〉,
〈해리 포터와 아즈카반의 죄수〉,
〈해리 포터와 불의 잔〉,
〈해리 포터와 불사조 기사단〉,
〈해리 포터와 혼혈 왕자〉,
〈해리 포터와 죽음의 성물 1부〉,
〈해리 포터와 죽음의 성물 2부〉

기숙사: 그리핀도르

직업: 호그와트 학생

소속: 덤블도어의 군대

패트로누스: 수달

원 안: 헤르미온느 그레인저 역의 에마 왓슨.
가운데: 〈해리 포터와 비밀의 방〉의 헤르미온느 의상.
오른쪽: 스네이프 교수의 표현에 따르면 "비위에 거슬리게 아는 체하는" 완벽한 학생의 모습. 〈해리 포터와 마법사의 돌〉의 헤르미온느 홍보용 사진.
23쪽: 〈해리 포터와 혼혈 왕자〉의 홍보용 사진.

"나는 그만 가서 자야겠어. 너희가 우리를 죽음으로 몰고 갈 또 다른
아이디어를 떠올리기 전에 말이야. 더 운이 나쁘면 퇴학당하게 될걸."

헤르미온느 그레인저, 〈해리 포터와 마법사의 돌〉

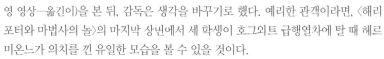

영 영상—옮긴이)을 본 뒤, 감독은 생각을 바꾸기로 했다. 예리한 관객이라면, 〈해리 포터와 마법사의 돌〉의 마지막 장면에서 세 학생이 호그와트 급행열차에 탈 때 헤르미온느가 의치를 낀 유일한 모습을 볼 수 있을 것이다.

알폰소 쿠아론 감독은 아이들이 성장함에 따라 점점 더 현대적인 복장으로 자신을 표현하는 것이 좋겠다는 의견을 냈고, 에마 왓슨은 적극 동의했다. "늘 교복만 입지 않아도 된다는 게 정말 좋았어요. 덕분에 가려운 스웨터들을 벗을 수 있었죠! 저는 청바지를 입었고, 머리도 약간 짧고 차분하게 다듬었어요. 그편이 훨씬 현대적인 느낌을 주고, 우리가 청소년이 되어가는 모습을 보여준다고 생각했거든요." 하지만 자니 트밈에게 헤르미온느는 여전히 옷보다는 공부에 훨씬 더 관심이 많은 소녀였다. "헤르미온느에게는 두뇌를 최고의 자산으로 여기며 옷에는 별로 신경 쓰지 않는 여학생에게 어울리는 복장을 입혔어요. 헤르미온느는 공부하느라 바빠서 늘 실용적인 옷들을 입었죠. 그렇게 단순하게 입는데도 헤르미온느는 항상 사랑스러웠어요. 에마 왓슨이 아름다운 소녀였기 때문이죠." 트밈은 헤르미온느의 단순하고 실용적인 의상을 위해 분홍색과 회색 계통의 색상을 골랐다. 〈해리 포터〉 시리즈가 계속되는 동안, 트밈은 에마가 패션 감각도 뛰어나지만 자신의 캐릭터에 어울리는 것들을 잘 알고 있다는 사실을 깨달았다. 에마는 자신의 개인적인 취향보다 배역의 이미지를 먼저 생각했다. "에마는 이렇게 말하곤 했어요. '확실히 제 취향은 아니지만, 헤르미온느라면 그렇게 입을 거예요.'"

〈해리 포터와 불의 잔〉 이전까지, 헤어와 분장을 담당하는 어맨다 나이트와 에트네 페넬은 헤르미온느가 립스틱 등 눈에 띄는 색조 화장을 하지 않도록 엄격하게 금했다. 헤르미온느가 무도회에 확 달라진 모습으로 나타나야 했기 때문이다. 페넬

위: 〈해리 포터와 마법사의 돌〉에서 헤르미온느 그레인저 역을 맡은 에마 왓슨의 초기 비공개 사진.
왼쪽: 여학생 교복. 마우리시오 카네이로 스케치.
25쪽: 〈해리 포터와 비밀의 방〉에서 폴리주스 마법약을 마시고 변신한 헤르미온느. 애덤 브룩뱅크 아트워크.

위 왼쪽과 오른쪽: 〈해리 포터와 혼혈 왕자〉에서 호그와트 교복을 입을 때나 머글 옷을 입을 때나 에마 왓슨은 자신의 캐릭터가 무엇을 어떻게 입어야 하는지에 대해 탁월한 감각을 보여주었다.
아래: 〈해리 포터와 아즈카반의 죄수〉에서 헤르미온느가 해리의 목에 타임 터너를 걸어주고 있다. **27쪽 위 왼쪽:** 〈해리 포터와 불의 잔〉에서 크리스마스 무도회 의상을 입은 헤르미온느.
27쪽 오른쪽: 〈해리 포터와 죽음의 성물 1부〉에서 위즐리 가족 결혼식에 참석한 헤르미온느.

의 표현에 따르면 그전까지 헤르미온느의 헤어 스타일은 "꺼벙"했다. 트밈은 웃으며 말한다. "헤르미온느는 론에게 관심이 있을 때만 옷에 관심을 보였죠. 〈해리 포터와 혼혈 왕자〉에서 헤르미온느는 다른 여학생들이 론에게 관심이 많다는 것을 알게 되고 그래서 좀 더 여성스러운 모습을 보이려고 노력해요. 지나친 치장을 하는 건 아니지만, 어쨌건 노력을 하죠." 에마의 말은 이렇다. "저는 헤르미온느가 화장법이나 머리 손질법 같은 것을 잘 몰랐다고 생각해요. 헤르미온느에게 그건 언제나 미개척지였죠."

헤르미온느의 마법 지팡이

헤르미온느 그레인저의 지팡이는 라임우드와 비슷한 플라타너스 나무를 손으로 깎아서 만든 것이다. 이 나무는 단단해서 모양을 세밀하게 새겨 넣을 수 있다. 이 지팡이에는 물을 들여서 몸통 전체를 휘감은 담쟁이덩굴 같은 띠 장식을 강조했다. 에마 왓슨은 지팡이 전투를 아주 좋아해서, 〈해리 포터와 불사조 기사단〉의 마법 정부 전투 장면에 대해 이렇게 말했다. "그 액션은 그 어떤 것과도 달랐어요. 칼싸움, 가라테, 댄스, 심지어 〈매트릭스〉까지 모든 것을 다 혼합한 것 같았죠. 그 모든 것이 합쳐져서 더없이 독특하고 완벽한 예술적인 형태로 만들어졌어요. 아주 우아하면서도 차분했죠." 에마는 그 장면을 찍으면서 처음으로 "마법사들의 능력을 깨닫고 감탄하게 되었다"고 한다.

네빌 롱보텀

영화 속 첫 등장:
〈해리 포터와 마법사의 돌〉

재등장:
〈해리 포터와 비밀의 방〉,
〈해리 포터와 아즈카반의 죄수〉,
〈해리 포터와 불의 잔〉,
〈해리 포터와 불사조 기사단〉,
〈해리 포터와 혼혈 왕자〉,
〈해리 포터와 죽음의 성물 1부〉,
〈해리 포터와 죽음의 성물 2부〉

기숙사: 그리핀도르

직업: 호그와트 학생

소속: 덤블도어의 군대

네빌 롱보텀 역할을 한 배우 매슈 루이스는 말한다. "의상과 분장은 아주 중요해요. 그 역할에 몰입해서 연기할 수 있도록 도와주거든요. 거울을 보았을 때 자신이 보이지 않고 캐릭터만 보이면 집중하는 데 큰 도움이 돼요. 제가 제대로 연기할 수 있도록 도와준 그 모든 작업에 감사하고 있어요."

네빌 롱보텀은 어설프고 자신감 없을 뿐 아니라 뚱뚱하고, 뻐드렁니에 덤보처럼 커다란 귀를 가진 소년이다. "촬영할 때는 대부분 플라스틱 장치를 착용했어요. 귀를 튀어나오게 만들려고요. 가짜 덧니도 끼고, 뚱보 옷도 입었죠. 인터뷰할 때마다 이 모든 사실을 말하고 싶었어요." 어떤 배우는 매슈 루이스가 이렇게 많은 분장을 한다는 사실을 전혀 알아차리지 못했다. 라벤더 브라운 역할을 한 제시 케이브는 〈해리 포터와 죽음의 성물 2부〉를 촬영하려고 돌아왔을 때 한 의상 팀원에게 매슈 루이스가 살이 너무 빠졌다고 말했다. 물론 스태프는 매슈가 촬영을 위해 뚱보 옷을 입었던 거라고 일러주었다. 매슈는 웃으며 말한다. "제시는 지금도 저를 볼 때마다 미안하다고 해요. 제가 살을 찌웠다가 뺐다가 그러는 줄 알았다는 거예요!"

매슈는 〈해리 포터와 불사조 기사단〉에서 의치와 튀어나온 귀를 뺐고, 〈해리 포터와 죽음의 성물 1부〉와 〈해리 포터와 죽음의 성물 2부〉에서는 뚱보 옷도 벗었다. "다행히 마지막에는 그 모두를 벗을 수 있었어요. 〈죽음의 성물 2부〉에서는 네빌이 홀쭉해져요. 우리는 그가 호그와트 지하에서 저항군의 리더로 살아왔다는 느낌을 담으려고 노력했죠. 네빌은 식사할 시간도 없는, 극심한 스트레스 속에서 살아야 했어요." 매슈는 호그와트의 전투 장면에서 부상을 입으면서 헤드피스를 포함한 또 다른 보형

원 안: 네빌 롱보텀 역의 매슈 루이스.
위: 〈해리 포터와 마법사의 돌〉에서 네빌이 할머니(레일라 호프먼)의 전송을 받으며 호그와트 급행열차에 오르고 있다.
오른쪽: 〈마법사의 돌〉에서 뻐드렁니와 뚱보 옷을 착용한 네빌.
28쪽: 〈해리 포터와 죽음의 성물 2부〉의 홍보용 사진.

물들을 착용해야 했다. "첫 주에는 정말 재미있었어요. '재밌다! 멋지다!' 하면서 감탄했죠. 하지만 곧 지겨워졌어요. 신기한 느낌은 금세 사라지더라고요."

신체적인 변화 외에도, 매슈는 자신의 캐릭터뿐 아니라 그 자신이 크게 변화했다고 느꼈다. "촬영을 처음 시작할 때, 저는 네빌과 크게 다르지 않았어요. 수줍은 성격에 성적도 별로고 많은 사람 앞에서 말하는 것을 좋아하지 않았죠. 하지만 네빌이 자신감을 키우면서 저 역시 그렇게 되었어요. 배우는 자신의 경험을 연기에 반영하게 되지만, 제 경우는 매슈 루이스가 네빌에게 영향을 미친 것만큼이나 네빌이 매슈 루이스에게 영향을 미쳤다고 생각해요. 그래서 기쁘고요."

네빌의 마법 지팡이

네빌 롱보텀의 지팡이는 검은 나무 손잡이에 3회전 나선이 둘린 것이 주요 특징이다. 매슈 루이스(네빌)는 〈해리 포터와 마법사의 돌〉을 읽고 나서 '해리 포터' 놀이를 했다고 한다. "친구하고 호그와트 로브 대신 목욕 가운을 입고서, 나뭇가지를 마법 지팡이 삼아 하루 종일 서로에게 주문을 쏘았죠." 도안가 해티 스토리 역시 천연 재료 지팡이를 좋아했다. "저는 항상 나무뿌리를 툭툭 쳐서 만든 듯한 지팡이가 가장 좋았습니다. 그런 지팡이들은 굉장히 마술적이면서도 신비롭게 보였거든요."

위: 〈해리 포터와 마법사의 돌〉에서 잠옷 차림의 네빌이 '페트리피쿠스 토탈루스' 주문으로 굳어버린 모습.
아래: 〈해리 포터와 불사조 기사단〉에서 무장해제 마법을 연습하는 모습.
오른쪽: 〈해리 포터와 불의 잔〉에서 두 번째 과제를 수행하는 해리에게 아가미풀을 구해다주는 모습.
31쪽 위: 〈불의 잔〉에서 네빌이 호그와트 지붕 위에서 왈츠를 연습하는 분위기 있는 모습. 앤드루 윌리엄슨 비주얼 개발 작업.
31쪽 아래: 〈해리 포터와 죽음의 성물 2부〉에서 네빌이 헤르미온느, 론, 해리를 데리고 필요의 방에 들어가는 모습.

"왜 항상 나야?"

네빌 롱보텀, 〈해리 포터와 비밀의 방〉

프레드와 조지 위즐리

위즐리네 쌍둥이 형제 프레드와 조지를 연기한 제임스 펠프스와 올리버 펠프스 형제는 처음부터 《해리 포터》 책의 팬이었지만, 어머니가 〈해리 포터와 마법사의 돌〉 영화 공개 오디션 이야기를 했을 때는 학교를 하루 빼먹을 수 있다는 사실에 더 관심이 많았다. "우리는 '아, 좋아요, 해야 한다면요'라고 말했죠." 제임스가 말한다. 두 사람은 오디션에 갔다가 똑같은 옷을 입지 않은 쌍둥이가 자신들뿐인 것을 보고 가장 가까운 가게로 달려가 똑같은 셔츠를 사 입었다. 학교 친구들은 두 사람이 머리를 적갈색으로 염색하고 등교할 때까지 이들이 위즐리네 쌍둥이 형제로 캐스팅되었다는 사실을 믿지 않았다. 마지막 시련은 첫 번째 대본 리딩 때 왔다. 올리버는 이렇게 회상한다. "우리는 조감독님 중 한 분께 물었어요. 누가 누구 역이에요?" 이어 제임스가 말한다. "우리는 대본을 두 부 받았어요. 그런데 누가 프레드고 누가 조지인지 아무도 말해주지 않는 거에요! 결국 캐스팅 담당자가 배역을 말해주었는데, 그게 원래 계획된 건지 아니면 그 자리에서 결정한 건지는 알 수 없었어요."

〈해리 포터와 마법사의 돌〉과 〈해리 포터와 비밀의 방〉에서 프레드와 조지는 호그와트 교복을 입지 않을 때면 늘 똑같은 옷을 입었는데, 늘 위즐리 홈메이드 스타일이었다. 자니 트밈은 쌍둥이가 〈해리 포터와 불사조 기사단〉에서 자신들만의 정체성을 확립하고 사업에 뛰어들 때까지 이런 전통을 고수했다. 하지만 이후부터는 이들의 개성이 드러나도록 교복도 다르게 입히고, 비슷한 셔츠와 스웨터를 입혀도 보색을 활용했다.

영화 속 첫 등장:
〈해리 포터와 마법사의 돌〉

재등장:
〈해리 포터와 비밀의 방〉,
〈해리 포터와 아즈카반의 죄수〉,
〈해리 포터와 불의 잔〉,
〈해리 포터와 불사조 기사단〉,
〈해리 포터와 혼혈 왕자〉,
〈해리 포터와 죽음의 성물 1부〉,
〈해리 포터와 죽음의 성물 2부〉

기숙사: 그리핀도르

직업: 호그와트 학생, 그리핀도르 몰이꾼, 위즐리 형제의 위대하고 위험한 장난감 가게 주인

소속: 덤블도어의 군대

원 안: 위즐리네 쌍둥이 형제 조지(올리버 펠프스, 위)와 프레드(제임스 펠프스, 아래). **왼쪽:** 프레드와 조지가 〈해리 포터와 마법사의 돌〉에서 형 퍼시(크리스토퍼 랭킨)를 따라 9와 4분의 3번 승강장으로 들어서고 있다. **오른쪽:** 자니 트밈은 〈해리 포터와 혼혈 왕자〉에서 쌍둥이들의 스타일에 '브랜드화'된 느낌을 주었다. 마우리시오 카네이로 그림. **33쪽:** 〈해리 포터와 혼혈 왕자〉의 홍보용 사진.

"우아, 우리는 일란성이야!"
프레드 위즐리와 조지 위즐리, 〈해리 포터와 죽음의 성물 1부〉

〈해리 포터와 혼혈 왕자〉에서 쌍둥이들이 드디어 위즐리 형제의 위대하고 위험한 장난감 가게를 차렸을 때, 트림은 이들의 '브랜드'가 확립되었다고 보았다. 둘은 여전히 똑같은 스리피스 정장을 입었지만, 셔츠와 구두 그리고 불이 켜지는 넥타이가 서로 달랐다. 이들의 양복은 런던의 양복점에서 맞추었는데, 그때 특별한 주머니를 달아달라고 부탁했다. 올리버는 이렇게 설명했다. "조끼 안쪽에 비밀 주머니가 있어요. 거기에 배터리를 넣어서 넥타이에 불이 들어오게 하는 거였죠." 무엇보다도 트림은 두 사람을 전체적으로 세련되게 표현하고자 했다. "자신들의 가게를 운영하는 만큼, 이들에게는 멋지게 차려입을 만한 돈이 있어요. 물론 자신들만의 독특한 방식이 있지만, 세련될 수는 있죠."

〈해리 포터와 죽음의 성물 1부〉에서 조지 위즐리는 해리를 버로로 이동시키다가 한쪽 귀를 잃는다. 이 때문에 올리버 펠프스는 머리 전체의 주형을 떠야 했다. 제임스는 말한다. "밀실 공포증을 느낀 건 그때가 처음이었어요. 처음에는 올리버의 귀 주변에 파란 점 6개만 찍으면 나머지는 컴퓨터가 알아서 할 거라고 생각했어요. 그런데 그렇지 않더라고요." 그 장면을 위해 올리버는 붕대와 가발 밑에 3개의 보형 장치를 착용했다. 한번은 올리버와 데이비드 예이츠 감독이 아이디어를 냈다. "아마도 조지가 익살스러운 귀를 달게 될 것 같으니, 우리끼리 아이디어를 내보자고 경쟁한 적이 있어요. 루퍼트의 아이디어가 낙점됐죠. 결국 실행에 옮기지는 않았는데, 아마 조지 역시 장난으로라도 착용하고 싶지 않았을 거예요. 결국 조지는 귀에 칫솔을 꽂았죠." 제임스는 이야기를 농담으로 마무리했다. "그런데 뇌가 작아서 칫솔이 단단히 박히지는 않더라고요."

프레드와 조지의 마법 지팡이

34쪽 위: 〈해리 포터와 혼혈 왕자〉에 나오는 위즐리 쌍둥이 형제의 양복. 자니 트밈 디자인. 마우리시오 카네이로 그림.

34쪽 아래: 〈해리 포터와 불사조 기사단〉 촬영 중 휴식 시간에 루퍼트 그린트가 영화 속 형들인 올리버와 제임스 펠프스와 킹스크로스역 앞에서 웃으며 대화하고 있다.

위: 422회 퀴디치 월드컵 때 위즐리 가족이 자신들의 텐트로 들어가고 있다.

아래 왼쪽: 〈해리 포터와 불의 잔〉에서 프레드가 트라이위저드 대회 첫 번째 과제를 앞두고 내기를 걸고 있다. 프레드는 어머니가 떠준 모자와 스웨터를 입었다.

아래 오른쪽: 〈해리 포터와 불사조 기사단〉에서 덤블도어의 군대가 연습을 하고 있다.

위즐리네 쌍둥이 형제 프레드와 조지의 마법 지팡이는 크게 다르지 않다. 조지의 지팡이는 빗자루와 비슷하다. 올리버 펠프스(조지)는 말한다. "최신 스타일의 빗자루예요. 끝부분에 직조 장식이 있고, 안장 비슷한 것도 있거든요." 제임스 펠프스(프레드)는 말한다. "제 건 끝부분이 솔방울과 비슷해요." 두 지팡이는 다른 용도에 쓰일 여러 가지 버전으로 만들어졌다. 제임스는 말한다. "제가 알기로, 저를 위한 지팡이는 3개였어요. 하나는 단단한 고무 같았고, 다른 2개는 나무였어요. 그게 나무라는 걸 아는 이유는 제가 그 2개를 다 부러뜨렸기 때문이죠." 제임스가 말하자 올리버가 덧붙였다. "영화 촬영 중에 부러진 게 아니에요. 사진 촬영 때 그랬다고요!"

지니 위즐리

배우 보니 라이트에게 자신이 연기한 지니 위즐리와 같은 옷을 입겠느냐고 묻자, 그녀는 미소 지었다. "지니는 상당히 특이하고 색다른 옷들을 갖고 있죠. 하지만 딱히 지니가 입는 옷들을 입고 싶지는 않아요. 물론 그 옷들은 저에게 도움이 됐어요. 평소에 입는 옷들과 달랐기 때문에 지니라는 역할에 몰입할 수 있었죠."

자니 트밈은 말한다. "물론 지니의 옷 중에도 뜨개옷이 많아요. 오랫동안 어머니가 딸의 옷을 만들어 주었으니까요. 하지만 〈해리 포터와 불의 잔〉에 이르렀을 때, 더 이상은 안 된다고 생각했어요. 지니는 이제 자기 옷을 직접 사 입을 나이였고, 우리 역시 지니가 변화하기를 원했죠." 보니 라이트는 변화하자는 데 동의했다. "확실히 지니는 자라면서 점점 더 활발해지고 자신감이 생겨났어요. 그러면서 아마 위즐리 가족 스타일을 떨쳐내고 싶었을 거예요. 그래서 오렌지색도 털실 옷도 입는 횟수가 줄어들죠." 지니가 성장하면서, 트밈은 지니에게 오빠들과는 다른 색상의 옷을 입혔다. 오렌지색 대신 분홍색을 쓰고, 녹색과 갈색도 더 어둡거나 채도를 낮췄다. 소녀스러운 장신구나 머리 장식은 사라졌다. 트밈이 말한다. "지니의 옷은 성장기 소녀의 섬세한 균형을 반영해야 했어요."

보니 라이트는 지니와 해리의 관계가 발전함에 따라, 그녀 자신의 모습도 발전해야 한다는 의상 팀의 견해에 동의했다. "지니는 오빠들 틈에서 자라서 진짜 '소녀다운' 소녀 시절을 갖지 못했어요. 하지만 〈해리 포터와 혼혈 왕자〉의 크리스마스 파티를 보면 지니가 숙녀로 자라고 있다는 걸 알 수 있죠. 그래서 해리는 지니를 새삼 달리 보며 흥미를 느껴요. 그래서 저는 해리가 자신의 새로운 감정을 깨닫도록, 지니가 뭔가를 해야 한다고 생각했어요."

36쪽 원 안: 지니 위즐리 역의 보니 라이트.

36쪽 왼쪽: 〈해리 포터와 혼혈 왕자〉 홍보용 사진. 보니 라이트는 차분한 색상의 옷을 입고 있다.

36쪽 아래: 〈해리 포터와 마법사의 돌〉에서 해리 포터가 위즐리 가족에게 9와 4분의 3번 승강장으로 가는 길을 묻고 있다.

위: 〈해리 포터와 혼혈 왕자〉의 필요의 방에서 지니가 해리와의 첫 키스를 앞두고 있다.

아래: 보니 라이트가 호그와트 로브를 입고 있다. 〈해리 포터와 비밀의 방〉 홍보용 사진.

영화 속 첫 등장:
〈해리 포터와 마법사의 돌〉

재등장:
〈해리 포터와 비밀의 방〉,
〈해리 포터와 아즈카반의 죄수〉,
〈해리 포터와 불의 잔〉,
〈해리 포터와 불사조 기사단〉,
〈해리 포터와 혼혈 왕자〉,
〈해리 포터와 죽음의 성물 1부〉,
〈해리 포터와 죽음의 성물 2부〉

기숙사: 그리핀도르

직업: 호그와트 학생, 그리핀도르 추격꾼

소속: 덤블도어의 군대

패트로누스: 말

지니의 마법 지팡이

지니 위즐리의 검은색 마법 지팡이는 손잡이에 나선형 무늬가 있고, 손잡이와 몸체 중간의 짧은 구간에는 오돌토돌한 무늬가 박혀 있다. 〈해리 포터와 불사조 기사단〉 촬영 기간에 마법 정부 전투 장면을 찍으면서, 보니 라이트는 배우들마다 지팡이를 휘두르는 스타일이 다르다는 것을 알았다. "펜을 쥐는 방식이 사람마다 다르듯, 지팡이를 잡는 방법도 그런 것 같았어요. 그래서 〈해리 포터와 아즈카반의 죄수〉를 찍기 전에 지팡이를 고를 때, 캐릭터의 겉모습뿐 아니라 손에 잘 맞는지, 그 느낌에 따랐죠."

"또 피투성이가 됐어.
왜 늘 피투성이가 되는 거지?"

지니 위즐리, 〈해리 포터와 혼혈 왕자〉

마법 세계 바깥의 옷

〈해리 포터와 아즈카반의 죄수〉 이후 학생들은 점점 더 현대식 옷을 많이 입었다. 하지만 브랜드 로고 노출은 여전히 허락되지 않았고, 자니 트밈은 캐릭터들과 현대적 트렌드의 거리를 고려해야 했다. "해리와 헤르미온느는 머글 세계의 패션을 잘 알았지만 지니와 론은 아니었죠. 이들의 옷을 선택할 때는 마법 세계의 문화뿐 아니라 이런 섬늘노 반영했습니다." 트밈의 과제는 "등장인물들의 특징을 살리면서도 현대적이면서 멋지고, 그러면서도 마법적 느낌이 나는" 옷을 입히는 것이었다. 지니를 비롯한 어린 배우들의 '머글' 옷은 대개 런던 상점에서 구입한 다음 수선했다. "어떤 옷을 사든 새 옷이니까, 이미 여러 번 입은 것 같은 느낌을 만들려면 별도의 작업이 필요했죠." 적어도 의상의 30퍼센트는 기성품을 (언제나 여러 벌씩) 구매한 다음, 장식을 더하고, 소매나 깃, 단추나 여밈 장치를 수선해서 만들었다.

38쪽 원 안: 〈해리 포터와 불사조 기사단〉에서 지니 위즐리가 주문을 연습하고 있다.
38쪽 오른쪽 위: 보니 라이트가 위즐리 가족의 색인 분홍색 옷을 입고 있다. 〈해리 포터와 불의 잔〉 홍보용 사진.
38쪽 아래: 〈해리 포터와 혼혈 왕자〉에서 해리 포터와 지니가 선수 선발을 위해 새 퀴디치 연습복을 입었다.
위와 아래: 〈해리 포터와 혼혈 왕자〉에서 착용한, 사랑이 담긴 엄마표 손뜨개 머리끈과 기운 바지.

위와 아래: 자니 트밈은 '머글' 상점에서 산 옷들을 '위즐리 가족'이라는 상표가 붙어 있기라도 한 것처럼 구성했다. 〈해리 포터와 불사조 기사단〉의 지니(위)와 〈해리 포터와 불의 잔〉의 론과 지니(아래).

드레이코 말포이

영화 〈해리 포터와 마법사의 돌〉의 오디션을 볼 때 톰 펠턴은 자신이 〈해리 포터〉 책을 잘 모른다는 사실을 숨겨야 했다. "오디션에서 제작진이 가장 먼저 물어본 것 중 하나는 '《마법사의 돌》에서 가장 좋아하는 장면이 뭐죠?'였어요. 그때 저는 배우 일곱 명과 함께 앉아 있었는데, 제 옆의 아이가 '아, 그린고츠요. 저는 고블린이 좋아요'라고 대답하더라고요. 그래서 같은 질문을 받았을 때, 저도 똑같이 대답했죠. '저는 고블린이 좋아요. 그들은 아주 멋지거든요'라고요. 아마 크리스 콜럼버스 감독은 제 거짓말을 바로 알아차렸을 거예요." 톰 펠턴은 처음에는 해리와 론("그리고 헤르미온느도요!" 톰이 재치 있게 덧붙였다)의 배역으로 오디션을 보았지만 결국 주인공의 적인 은발 소년 역할을 맡게 되었다.

부유한 순수 혈통 마법사 집안의 아들인 드레이코 말포이를 표현할 때, 주디애나 매커브스키는 단순하게 표현하는 것이 더 효과적이라고 느꼈다. 드레이코의 사악함이 의복에 가려지지 않도록 하려는 의도에서였다. 말포이의 겉모습에서 두드러지는 것은 백금발이다. 톰은 그때를 회상했다. "초창기에는 머리를 완벽하게 뒤로 빗어 넘겼어요. 헤어젤을 많이 사용했죠." 시리즈가 계속되면서 머리 모양은 조금 더 자연스러워졌지만, 〈해리 포터와 불의 잔〉에서는 가발을 썼다. "일주일에 한 번씩 금발로 염색하느라 힘들었는데 제작진이 가발을 써도 좋다고 했어요. 하지만 막상 가발을 써보니까 진짜 금발인 편이 보기 좋더라고요. 결과물이 그렇게 가치 있다면, 염색을 하는 건 큰 문제가 아니라고 생각했죠."

영화에서 말포이는 몇 차례에 걸쳐 집안의 부를 자랑한다. 〈해리 포터와 아즈카반의 죄수〉에서 호그스미드로 갈 때는 론과 헤르미온느의 집에서 만든 소박한 옷과 대

영화 속 첫 등장:
〈해리 포터와 마법사의 돌〉

재등장:
〈해리 포터와 비밀의 방〉,
〈해리 포터와 아즈카반의 죄수〉,
〈해리 포터와 불의 잔〉,
〈해리 포터와 불사조 기사단〉,
〈해리 포터와 혼혈 왕자〉,
〈해리 포터와 죽음의 성물 1부〉,
〈해리 포터와 죽음의 성물 2부〉

기숙사: 슬리데린

직업: 호그와트 학생, 슬리데린 수색꾼

소속: 장학관 직속 선도부, 죽음을 먹는 자

원 안: 드레이코 말포이 역의 톰 펠턴.
오른쪽과 40쪽: 〈해리 포터와 마법사의 돌〉과 〈해리 포터와 혼혈 왕자〉의 톰 펠턴 홍보용 사진.
아래: 벌을 받아 금지된 숲에 간 말포이와 친구들.

"우리 아버지가 이 일을 아시게 될 거야!"
드레이코 말포이, 〈해리 포터와 불의 잔〉

조되는 모피 모자에 명품 코트를 입는다. 그가 〈해리 포터와 불의 잔〉에서 입은 턱시도 역시 최고급품이었다. 하지만 드레이코가 진정한 패션 리더가 된 것은 〈해리 포터와 혼혈 왕자〉에서였다. 자니 트밈은 말한다. "드레이코는 아버지를 따라서 죽음을 먹는 자가 되기로 결심해요. 그래서 호그와트 망토보다 검은색 맞춤 정장을 더 많이 입죠. 마음이 이미 학교 밖에 있고, 스스로 학생이 아니라고 생각한다는 것을 표현하려는 의도였어요." 시리즈가 계속되는 동안, 톰 펠턴은 다른 색깔 옷을 입어달라고 부탁하는 팬들의 편지를 많이 받았다. 하지만 자신의 캐릭터를 누구보다 잘 아는 그는 "드레이코와 관련되어 있는 한, 검은색이 어울리지 않는 경우는 없었어요"라고 말한다.

드레이코의 마법 지팡이

드레이코 말포이의 지팡이는 끝이 뭉툭하게 만들어진 단순한 디자인으로, 뭉툭한 몸체는 갈색 멕시코 자단으로, 손잡이는 검은색 흑단으로 만들었다. 드레이코는 〈혼혈 왕자〉 이후 잠시 덤블도어의 지팡이를 소유하지만, 〈해리 포터와 죽음의 성물 1부〉에서는 자신의 지팡이를 잃어버린다. 톰 펠턴도 다른 여러 배우들처럼 〈해리 포터〉 영화 출연 기념품으로 지팡이를 선택했다. 톰은 이렇게 회상한다. "언젠가 워릭 데이비스(플리트윅 교수)와 이에 관해 이야기한 적이 있어요. 소품 한두 개를 가져갈 수 있다면 뭘 가져갈까? 우리 둘 다 가장 먼저 지팡이를 떠올렸죠."

42쪽 위: 〈해리 포터와 아즈카반의 죄수〉에서 드레이코 말포이가 손에는 교과서를 들고, 어깨에는 이름을 새긴 가죽 책가방을 멘 채 마법 생명체 돌보기 수업을 기다리고 있다.
42쪽 아래: 〈아즈카반의 죄수〉에서 모피 모자와 가죽 장갑을 끼고 호그스미드를 방문한 드레이코와 크래브(제이미 웨일럿).
위: 〈해리 포터와 혼혈 왕자〉에서 드레이코가 사라지는 캐비닛에 주문을 걸고 있다.
아래: 〈해리 포터와 죽음의 성물 2부〉에서 슬리데린의 그레고리 고일(조시 허드먼)과 블레이즈 자비니(루이 코디스)가 격렬한 대결을 벌이는 드레이코의 양옆을 지키고 있다.

루나 러브굿

루나 러브굿을 호그와트의 친구들과 '다르다'고 생각할지도 모르지만, 자니 트밈은 루나가 괴짜처럼 보이지 않게 하려고 노력했다. "루나의 옷차림은 다른 여학생들보다 더 '마법사' 같을지도 몰라요. 하지만 그건 루나의 개성이죠. 루나에게는 자신만의 취향과 취미가 있어요. 독특한 장신구를 만드는 것도 여기에 포함되죠." 캐릭터에 대한 이반나 린치의 깊은 이해는 디자이너에게 귀중한 자원이 되었다. 트밈이 빨간색 순무 모양 귀고리를 만들어 주자, 이반나는 오렌지색이어야 한다고 주장했다(실제로 이것은 날아다니는 자두를 표현한 거였다). 트밈은 이렇게 회상한다. "이반나는 캐릭터와 관련된 몇몇 일에 있어서 굉장히 명확했어요. 그래서 버터맥주 병뚜껑 목걸이가 있고, 딸기 장식 구두가 있었죠. 사실 우리는 루나의 옷 곳곳에 딸기를 넣었어요. 루나가 딸기를 좋아했기 때문이죠." 이반나는 〈해리 포터와 혼혈 왕자〉에서 슬러그혼 교수의 크리스마스 파티에 끼고 간 토끼 반지도 직접 만들고, 그리핀도르 퀴디치 팀을 응원할 때 쓴 사자 모자도 디자인했다.

짝이 맞지 않는 듯한 루나의 패션에는 자주색과 파란색이 많았고, 옷감에는 예술적인 느낌을 주는 동물이나 자연물이 자주 등장했다. 자니 트밈은 루나가 항상 '스스로 만든 세계'에 산다는 사실을 고려했다고 말한다. "루나는 곤충이나 동물을 모으는 아이 같았어요. 루나가 세계를 바라보는 방식은 누구와도 달랐죠. 저는 항상 루나의 옷에서 그 점이 드러나기를 바랐어요. 아주 중요한 점이라고 생각했죠."

원 안: 루나 러브굿 역의 이반나 린치. **오른쪽:** 〈해리 포터와 불사조 기사단〉의 이반나 린치의 의상 참고 사진.
아래와 45쪽 왼쪽: 루나의 독특한 의상을 보여주는 의상 스케치들. 자니 트밈 디자인, 마우리시오 카네이로 스케치.
45쪽 오른쪽: 〈해리 포터와 혼혈 왕자〉에 쓰인 루나의 그리핀도르를 응원하는 모자. 애덤 브록뱅크 그림.

영화 속 첫 등장:
〈해리 포터와 불사조 기사단〉

재등장:
〈해리 포터와 혼혈 왕자〉,
〈해리 포터와 죽음의 성물 1부〉,
〈해리 포터와 죽음의 성물 2부〉

기숙사: 래번클로

직업: 호그와트 학생

소속: 덤블도어의 군대

패트로누스: 산토끼

"너도 나처럼 정상이니까."
루나 러브굿, 〈해리 포터와 불사조 기사단〉

해리 포터 제작자 데이비드 헤이먼과 데
이비드 예이츠 감독은 "이반나가 바로 루나였어
요"라고 입을 모은다. 이반나 린치 역시 〈해리 포터
와 불사조 기사단〉을 읽었을 때 자신과 캐릭터가 정말
비슷하다고 느꼈다. 하지만 이반나는 한 가지 중요한 차
이가 있다고 말한다. 이반나 자신은 루나보다 더 끈기가 있다
고. 영국 곳곳에서 열린 공개 오디션에서 루나 역에 1만5천 명의
지원자가 몰렸을 때도, 이반나는 네 시간 동안 줄을 서서 기다렸다.

루나의 마법 지팡이

론 위즐리와 마찬가지로 루나 러브굿도 지팡이가 2개였다. 첫 번째 지팡이
는 지휘봉 스타일로, 덩굴과 도토리가 나선형으로 그려져 있었다. 〈해리 포
터와 불사조 기사단〉에서 루나가 처음으로 패트로누스 주문을 배우는 장면
을 찍을 때 이반나 린치는 "약간 실망"했다고 말한다. "'엑스펙토 패트로눔'
을 외쳤는데, 지팡이 끝에서 아무것도 나가지 않더라고요." 이 지팡이는 〈해
리 포터와 죽음의 성물 1부〉에서 죽음을 먹는 자들에게 빼앗긴다. 그런 다음
감금되었을 때, 올리밴더가 루나에게 새 지팡이를 만들어 준다. 두 번째 지팡
이는 어두운 색 나무로 만든 것으로, 손잡이에 길쭉한 튤립 모양 꽃이 있다.

딘 토머스

딘 역할을 맡은 앨프리드 이넉의 말에 따르면 그리핀도르의 딘 토머스는 머글 엄마와 함께 살다가 호그와트에 입학해 "학교에서 해리 포터의 악몽 같은 경험과는 전혀 동떨어진 즐거운 어린 시절을 보냈"다. 캐릭터를 연구하는 동안 앨프리드는 머글 웨스트햄 유나이티드 축구 팀 팬으로 자라온 아이가(이 사실은 그리핀도르 침실에 있는 딘의 서랍 장식에서 분명히 드러난다) 퀴디치에 대해 어떻게 생각할지 고민했다. "평생 축구를 보며 지냈는데, 사람들이 빗자루를 타고 날아다니고 세 가지 일이 동시에 벌어지는 더 나은 버전의 축구가 있다니 상상이나 되세요? '와아' 싶죠. 전 그래서 딘 토머스가 무척 마음에 들었어요."

앨프리드 이넉은 배우인 아버지 밑에서 자랐으며 어린이 연극 몇 편에 출연했다. 그러던 중 〈해리 포터와 마법사의 돌〉 캐스팅 감독들이 이넉의 학교에서 오디션을 열었다. "거의 모두가 오디션에 참가했어요." 앨프리드는 기억한다. 하지만 앨프리드는 그중 한 명이 아니었다. "전 '이건 비현실적이야, 될 리가 없어'라고 생각했죠. 이거야말로 내가 하고 싶은 일이라는 걸 이미 알고 있었던, 일종의 두려움이 있었던 것 같아요. 그래서 나로는 부족하다는 말을 듣고 싶지 않았던 거예요." 캐스팅 감독 중 한 명이 앨프리드를 알고 있어서(연극에서 본 적이 있었다) 그에게 오디션에 참가하라고 했다.

〈해리 포터와 불사조 기사단〉에서 앨프리드는 딘이 그리핀도르 친구들 사이에서 곤란한 처지에 처한다고 느꼈다. 앨프리드는 말한다. "전 딘이 해리와 무척 가까운 사이라고 생각했어요. 하지만 물론, 딘의 가장 친한 친구는 셰이머스죠. 셰이머스는 [해리와] 문제가 있어요. 엄마가 볼드모트가 돌아왔을 리 없다고 말해서 셰이머스는 해리를 믿지 않거든요. 셰이머스는 해리를 심하게 불신해요. 처음에는 아주 부정적이죠." 딘은 덤블도어의 군대에 가담하지만 셰이머스는 눈에 띄게 참가하지도 않는다. "딘은 이런 문제를 중재할 방법을 찾고 싶어 해요. 상황이 심각하거든요. 딘은 그런 식으로 접근하고 싶어 해요." 셰이머스는 결국 마음을 돌려 덤블도어의 군대에 가담하고, 앨프리드는 딘이 이런 변화를 일으키는 데 큰 역할을 했다는 걸 알고 있다. "딘은 셰이머스가 모임에 참석하도록 만들어요. 그래서 결국 셰이머스가 참여하게 되는 거죠."

앨프리드에게 딘은 유머 감각이 있고 친구들에게 의리를 지키는 평범한 녀석이다. "전 늘 딘이라면 잘 지낼 거라고 생각했어요." 앨프리드는 덧붙인다. "딘은 정신력이 강하거든요. 전 딘이 멋지고 인기도 많다고 생각해요. 지니랑도 사귀었잖아요!"

딘의 마법 지팡이

딘 토머스의 마법 지팡이는 곤봉을 연상시킨다. 짙은 갈색의 단단한 목재로 만든 매끄러운 손잡이가 달렸다. 끝에 달린 매듭 형태의 나무에서 나선형 덩굴이 나와 손잡이를 감싸고 있다.

영화 속 첫 등장:
〈해리 포터와 마법사의 돌〉

재등장:
〈해리 포터와 비밀의 방〉,
〈해리 포터와 아즈카반의 죄수〉,
〈해리 포터와 불의 잔〉,
〈해리 포터와 불사조 기사단〉,
〈해리 포터와 혼혈 왕자〉,
〈해리 포터와 죽음의 성물 2부〉

기숙사: 그리핀도르

직업: 호그와트 학생, 그리핀도르 추격꾼(임시)

소속: 덤블도어의 군대

원 안: 딘 토머스 역의 앨프리드 이넉.
설명 위: 〈해리 포터와 불의 잔〉에서 딘이 관중과 함께 트라이위저드 대회 두 번째 과제를 구경하고 있다.
47쪽 원 안: 셰이머스 피니건 역의 데번 머리.
47쪽 오른쪽: 셰이머스는 공중 부양 마법을 걸려다 폭발을 일으킨다.

셰이머스 피니건

배우 데번 머리는 그가 그리핀도르의 셰이머스 피니건으로 캐스팅된 이유가 당시 해리 포터에 대해 아무것도 몰랐기 때문이었을지도 모른다고 생각한다. 데번이 설명한다. "저는 어렸을 때 난독증이 있어서 그 책을 한 번도 읽어본 적이 없어요. 해리 포터에 대해서 아무것도 몰랐죠. 해리가 누군지, 이 시리즈가 무슨 내용인지 말이에요." 캐스팅 감독이 데번과 다른 아일랜드 배우에게 잉글랜드로 와서 오디션을 보라고 했을 때 데번은 카메라 테스트를 받으러 들어가 대니얼 래드클리프를 지나쳐서 크리스 콜럼버스 감독에게 다가갔다. "'안녕, 해리. 만나서 반가워!'라고 말했죠. 사람들 눈에는 바보 같은 아일랜드 녀석이 보인 거예요. 그날 제가 바로 딱 맞는 배우라는 걸 증명한 것 같아요."

그가 해리 포터 영화를 찍는 동안 있었던 가장 좋은 기억은 열세 번째 생일이다. 이날은 우연히도 플리트윅 교수가 수업에서 윙가르디움 레비오사 마법을 가르친 날이었다. 셰이머스는 이 마법을 걸려다가 결국 깃털을 폭발시킨다(셰이머스가 일으키는 수많은 마법 폭발 중 하나다). "촬영을 끝내자마자 [제작자] 데이비드 헤이먼이 제가 살면서 본 가장 큰 초콜릿 케이크를 가지고 왔어요." 점심시간에 **또 한 번** 생일 파티가 있었고, 그날 촬영이 끝났을 때도 마찬가지였다. "해리 포터 최초의 생일 파티였어요. 엄청나게 재미있었죠. 저는 제가 폭발시킨 깃털을 가질 수 있었어요."

해리 포터 세트장에서는 종종 재미있는 장난이 벌어졌다. 어느 날은 〈해리 포터와 비밀의 방〉을 찍다가 로비 콜트레인(해그리드)이 데번의 얼굴을 반창고로 뒤덮었다. 어린 배우가 머리 손질을 받고 분장을 하러 들어가자 팀원들은 충격을 받았다. "세상에, 데번. 무슨 일이니? 무슨 일이야?" 데번은 그들이 말했던 것을 기억하고 있다. 데번은 그들에게 싸웠다고 말했다. 그러자 그들은 크리스 [콜럼버스]에게 소리쳤다. "크리스, 데번 얼굴이 상처투성이예요. 어쩌죠? 이대로 분장을 할 수는 없잖아요." 결국에는 장난이 밝혀졌다. "사람들은 별로 재미있어하지 않았지만, 결국엔 웃음을 터뜨렸어요."

〈해리 포터와 아즈카반의 죄수〉에서 그리핀도르 남학생들은 동물 소리를 내게 만드는 재미있는 마법 사탕에 빠져든다. 론은 사자처럼 포효하고 네빌은 코끼리처럼 울며 셰이머스는…… 닭처럼 꼬꼬댁거렸다고 해야 할까? 데번은 말한다. "저는 닭이 될 **생각**이었어요. 그래서 '꼬곡, 꼭, 꼭, 꼬곡' 소리를 냈죠. 하지만 영화를 보니 원숭이 같더라고요. 저는 꼬꼬댁거리고 있는데 원숭이 소리가 나게 했더라니까요." 제작진이 편집 과정에서 동물 소리를 바꿨기 때문에, 영화를 처음 본 데번은 놀라고 말했다.

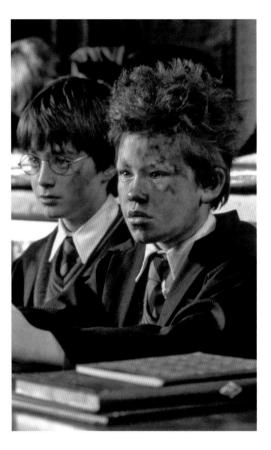

셰이머스의 마법 지팡이

셰이머스 피니건의 마법 지팡이는 딘 토머스 것과 스타일이 비슷하다. 곤봉 모양으로, 셰이머스 것은 얼룩덜룩한 연갈색 나무로 만들었다. 손잡이 끝에서부터 검은색 띠가 나선을 그리며 시작돼 손잡이를 감고 있다. 데번 머리는 해리 포터를 촬영한 10년 동안 마법 지팡이 대부분을 부러뜨렸고, 영화가 마무리된 다음 마법 지팡이를 가져도 된다고 허락받은 배우들은 거의 없었지만 데번은 자기가 쓴 지팡이의 반쪽들을 간직할 수 있었다.

첫 등장:
〈해리 포터와 마법사의 돌〉

재등장:
〈해리 포터와 비밀의 방〉,
〈해리 포터와 아즈카반의 죄수〉,
〈해리 포터와 불의 잔〉,
〈해리 포터와 불사조 기사단〉,
〈해리 포터와 혼혈 왕자〉,
〈해리 포터와 죽음의 성물 2부〉

기숙사: 그리핀도르

직업: 호그와트 학생

소속: (나중에는) 덤블도어의 군대

라벤더 브라운

배우 제시 케이브는 〈해리 포터와 혼혈 왕자〉에서 론 위즐리에게 홀딱 반하는 라벤더 브라운 역할에 그녀가 "딱 맞다"는 걸 알고 있었다. 제시는 회상한다. "그 책을 막 읽은 뒤였기 때문에 오디션을 보러 갔을 땐 기분이 정말 묘했어요. 저는 바로 생각했죠. '아, 세상에. 그래, 내가 딱이야.'" 사실 제시는 책 속 라벤더를 별로 마음에 들어 하지 않았다. "짜증 나는 캐릭터였지만 연기하기에 너무 재미있는 캐릭터가 될 거라는 생각이 들었죠. 저는 딱 맞는 시간에, 딱 맞는 사람으로 그 자리에 갔던 것 같아요. 그냥 운이 좋았어요. 하지만 라벤더를 연기하는 건 정말 즐거웠어요. 라벤더는 멋진 아이예요."

제시는 또한 루퍼트 그린트와 함께한 작업도 좋았다고 말한다. "루퍼트는 정말 멋진 사람이에요. 코미디 감각도 정말 뛰어나서, 그 반응을 보는 것도 재미있었어요." 라벤더는 상당히 거칠고 애정이 넘치면서 "한편으로는 느끼하기도 해요. 그게 너무 재미있었다". 불행하게도 루퍼트와 제시 둘 다 촬영할 때 자주 웃음을 터뜨리는 나쁜 버릇을 갖고 있었다. "둘이 같이 찍는 장면에서는 정말 안 좋아요." 제시는 인정한다. "저는 그저 모든 것이 웃겼고, 어떨 땐 너무 지나치기도 했지만, 사실은 그런 것들이 잘 통해서 영화에 나오게 된 거예요. 하지만 루퍼트는 정말 훌륭한 연기 파트너였어요."

의상 디자이너 자니 트밈은 라벤더가 옷 입히기에 아주 좋은 캐릭터라고 생각했다. 트밈은 말한다. "라벤더는 예쁘고 생기가 넘쳐요. 늘 키득거리고 늘 즐거워하죠." 자니 트밈은 라벤더의 속마음을 반영하기 위해 그녀에게 낭만적인 색깔의 옷을 입혔다. "라벤더는 사랑에 빠지는 것 자체를 사랑해요. 사랑스러우면서도 요염하죠. 그래서 저는 라벤더가 아주 여성스럽고, 예쁜 색깔과 엄청나게 많은 패턴이 들어간 옷들을 입기를 원했어요." 영화 속 대부분의 등장인물과 달리 라벤더는 교복을 입을 때나 안 입을 때나 매번 옷을 갈아입었다.

제시는 영화를 찍으면서 기억에 남는 두 번의 결정적 순간을 떠올린다. 하나는 라벤더와 론의 계단 키스 신이다. 제시는 말한다. "실제로 계단을 지탱해 주는 벽이 없었는데 저는 그걸 몰랐어요. 전 콘택트렌즈를 안 낀 상태였고, 계단은 굉장히 높았어요. 우리는 웃고 장난치면서 그곳을 올라가기로 돼 있었어요." 나중에야 제시는 둘이 떨어질 경우에 대비해 계단 아래 스턴트맨이 배치되어 있었다는 사실을 알게 됐다.

다른 하나는 〈해리 포터와 죽음의 성물 2부〉 촬영 때였다. 제시는 설명한다. "라벤더는 별로 운이 좋지 않아요. 펜리르 그레이백에게 잡아먹히거든요." 라벤더가 죽는 장면은 꽤 오랜 시간을 기다려서 촬영했다. 그 장면을 찍을 땐 거의 새벽에 가까운 시간이었다. "제 얼굴 클로즈업도 해야 했는데, 마지막의 마지막까지 이 장면이 남아 있었어요. 해가 뜨기까지 얼마 안 남았는데 말이에요. 그리고 저는 그 장면을 정말로 잘 찍고 싶었어요." 제시는 말한다. 제시가 이런 생각을 하고 있을 때 데이비드 예이츠 감독과 스태프들은 장면 세팅을 끝마쳤다. "추워서 벌벌 떨면서 바닥에 드러누워 있었는데 기본적으로는 그것이 '액션!'이었고 저는 바로 죽어야 했어요. 하지만 저는 눈을 뜬 다음 '망치면 안 돼!'라고 생각했죠. 그리고 해냈어요. 전 살아남았고, 눈을 깜박거리지도 않았고, 웃지도 움직이지도, 아무것도 하지 않았어요." 그 한 숏으로 끝났고 스태프들은 다음 장면으로 넘어갔다. 제시가 말한다. "이게 영화야, 진짜로 지금이 바로 그 순간이야. 꽤 강렬하면서 어떤 면에서는 제 모든 경험을 담은 순간이었어요. 만족스러웠고, 훌륭한 순간이었죠."

영화 속 첫 등장:
〈해리 포터와 혼혈 왕자〉

재등장:
〈해리 포터와 죽음의 성물 2부〉

기숙사: 그리핀도르

직업: 호그와트 학생

라벤더의 마법 지팡이

라벤더 브라운의 마법 지팡이는 주인의 성격과 완전히 반대인 것처럼 보인다. 화려하고 발랄한 주인과 달리 라벤더의 마법 지팡이는 수수한 지휘봉 스타일에 손잡이 위쪽을 얇은 검은색 선이 두르고 있으며, 손잡이 끝에서부터 검은 곡선이 뻗어 내려간다. 이 지팡이는 갈색 손잡이 부분과 마호가니로 만든 봉, 두 부분으로 나뉜다.

초 챙

어느 날 스코틀랜드에서 텔레비전을 보던 케이티 렁의 아버지는 해리 포터 영화 시리즈 〈해리 포터와 불의 잔〉 오디션 소식을 접한다. 케이티 렁은 기억한다. "당신이 열여섯 살이고 중국계고 영국 여권을 갖고 있으면 오디션에 지원해 봐라, 뭐 이런 내용이었어요. 아빠는 '그냥 한번 해보자'고 생각하셨죠." 비행기를 타고 런던에 내린 케이티는 오디션을 보러 온 5,000명의 어린 여성 중 한 명이 되었다. 그때까지 케이티는 해리 포터 영화 첫 두 편을 봤을 뿐이고, 초 챙이 나오는 부분은 전혀 알지 못했다. "오디션을 보러 갈 때만 해도 저는 초 챙이 해리의 첫사랑일 줄 몰랐어요. 그래서 별로 대단한 일은 아니라고 생각했죠. 배역을 딴 다음에는 생각이 달라졌지만요!"

해리는 초 챙에게 크리스마스 무도회에 함께 가자고 말하지만 초 챙은 이미 세드릭 디고리와 함께 가기로 약속한 상태다. 그렇지 않다면 케이티는 초 챙이 당연히 해리와 함께 무도회에 갔을 거라고 생각한다. "제 생각엔 초 챙도 해리를 좋아하니까, 세드릭이랑 같이 가기로 하지 않았다면 분명히 승낙했을 거예요. 먼저 말한 사람이 우선 아닐까요?" 케이티는 말하며 웃는다.

〈불의 잔〉 결말 부분에서 세드릭은 볼드모트에게 목숨을 잃는다. 케이티는 해리가 세드릭의 시신과 함께 돌아온 장면에서 울었던 것이 영화에서 가장 힘든 일 중 하나였다고 고백한다. 물론 흔히 생각하는 이유 때문만은 아니다. 초 챙은 해리와 세드릭이 도착하자마자 울기 시작했지만 그동안 몇 번의 테이크가 진행되었다. 케이티는 말한다. "하지만 저는 그 장면들에 제가 나오지 않는다는 걸 깨달았어요." 몇 번의 테이크를 거친 뒤 마이크 뉴얼 감독은 케이티에게 말했다. "이번엔 제 차례라고요. 하지만 그때쯤엔 눈물이 다 말라버려서 더 이상 나오지 않았어요!"

〈해리 포터와 불사조 기사단〉에서 초 챙은 덤블도어의 군대 일원이 된다. 케이티가 말한다. "초는 세드릭의 죽음에 대한 복수를 하고 싶어 해요. 그래서 그 모든 마법을 배우기로 마음먹죠." 덤블도어의 군대 일원이 되면서 초 챙은 해리와 자주 만나게 되고 결국 그들은 크리스마스 직전에 첫 키스를 한다.

케이티는 말한다. "초 챙은 세드릭의 사진을 보고 감정이 격앙돼요. 해리는 그런 초 챙을 보고 괜찮냐고 물어보죠. 하나의 일이 또 다른 일로 이어지더니 둘은 어느새 키스를 하고 있어요." 케이티가 웃으며 말한다. "첫 키스는 보통 그렇잖아요."

케이티는 그녀와 대니얼 모두 영화 속 첫 키스를 앞두고 긴장했다고 고백한다. "스태프들이 모두 지켜보고 있는데 로맨틱한 분위기가 될 리 없잖아요." 데이비드 예이츠 감독이 촬영장에 극소수의 스태프만 남기고 조명을 어둡게 한 것이 그나마 도움이 되었다. "대니얼은 제가 정말 편안하게 느끼도록 해줬어요. 키스도 정말 잘하던데요."

초의 마법 지팡이

붉은빛이 도는 갈색 나무로 만들어진 초 챙의 마법 지팡이는 독특한 모양을 한 세 부분으로 나뉜다. 손잡이 부분은 네 번 정도 꼬여 있고 이 모양은 나뭇잎 화석 패턴으로 자연스럽게 이어진다. 그리고 소용돌이무늬가 되어 끝으로 갈수록 점점 사라진다.

첫 등장:
〈해리 포터와 불의 잔〉
재등장:
〈해리 포터와 불사조 기사단〉,
〈해리 포터와 혼혈 왕자〉,
〈해리 포터와 죽음의 성물 1부〉,
〈해리 포터와 죽음의 성물 2부〉
기숙사: 래번클로
직업: 호그와트 학생
소속: 덤블도어의 군대

48쪽 원 안: 라벤더 브라운 역의 제시 케이브.
48쪽 오른쪽: 〈해리 포터와 혼혈 왕자〉에서 론에 대한 사랑을 표현하는 라벤더.
원 안: 초 챙 역의 케이티 렁.
아래: 필요의 방에서 해리가 초 챙의 주문 연습을 돕고 있다.

호그와트 교복

의상 디자이너 주디애나 매커브스키가 볼 때, 〈해리 포터와 마법사의 돌〉에 등장하는 호그와트 같은 '유서 깊은 영국 학교'는 교복을 입어야 했다. "하지만 J.K. 롤링은 학생들이 교복을 입지 않는다고 하더군요. 실제로 교복을 입지 않는 편이 더 흥미로워 보였어요. 교복은 영국 학교 제도에서 유래했지만 환상이기도 했기 때문이죠." 하지만 매커브스키는 여전히 통일된 모습을 만들고 싶었다. "그래서 우선 해리(대니얼 래드클리프)에게 현대적인 옷을 입혀보고, 다음으로 교복을 입혀보았죠." 제작진은 교복을 입혔을 때 시각적 효과가 더 좋다는 매커브스키의 견해에 동의했고, 매커브스키는 호그와트 학생을 연기하는 아역 배우 400명의 교복을 만들어야 했다. "그게 우리를 살린 거죠. 그 많은 학생들에게 제각기 다른 옷을 입혀야 한다고 상상해 보세요!"

처음 만든 호그와트 교복은 남학생용 회색 플란넬 바지와 여학생용 회색 플란넬 주름치마, 그리고 흰색 셔츠였다. "가끔은 니트 조끼도 입고 기숙사 깃발 모양을 새긴 스웨터와 넥타이도 착용했죠." 1학년 교복은 처음에 검은색 넥타이를 매는 것으로 디자인되었지만, 곧 호그와트 문양이 박힌 것으로 바뀌었다. 호그와트 학생용 로브는 전통적인 대학 가운을 토대로 만들었다. "소매를 마법사스럽게 약간 변형했어요." 대니얼 래드클리프는 로브가 아주 편해서 마치 잠옷 같았다고 설명했다. 하지만 대연회장에서 그걸 입고 있으면 꽤 더웠는데 대연회장 벽난로에 자주 불을 피웠기 때문이다. 학생들은 주머니에 접어 넣을 수 있는 뾰족 모자를 썼다. 다른 주머니는 마법 지팡이용이었지만, 매커브스키는 그 주머니에 지팡이를 재빨리 넣고 빼는 방법은 자신도 모른다고 털어놓았다.

원 안: 호그와트 문양.
왼쪽 아래: 헤르미온느, 론, 해리가 〈해리 포터와 마법사의 돌〉에서 1학년 로브와 목도리를 착용한 모습.
오른쪽 아래: 〈해리 포터와 비밀의 방〉의 그리핀도르 로브.
오른쪽 위: 해리와 헤르미온느가 〈해리 포터와 불의 잔〉에서 디자인이 바뀐 로브와 목도리를 하고 있다.
51쪽 위: 〈마법사의 돌〉에 나오는 4개 기숙사의 넥타이와 문양.
51쪽 아래 왼쪽: 〈마법사의 돌〉의 여학생 교복 참고 사진.
51쪽 아래 오른쪽: 앨프리드 이닉(딘 토머스)이 〈해리 포터와 마법사의 돌〉에서 목도리와 망토를 착용한 모습.

"너희 둘 다 교복으로 갈아입는 게 좋을 거야.
곧 도착할 테니까."

헤르미온느 그레인저, 〈해리 포터와 마법사의 돌〉

자니 트밈은 〈해리 포터와 아즈카반의 죄수〉에서 "교복을 완전히 바꾸었다"고 말한다. 로브는 모직으로, 셔츠는 100퍼센트 순면으로 만들었으며, 넥타이는 더 커지고 또 반짝이는 실크로 더 화려하게 만들었다. 가장 큰 변화 중 하나는 바지, 치마, 스웨터의 색깔이 훨씬 어두워져서 회색이 아니라 검은색이 되었다는 것이다. 트밈은 기숙사 색깔로 로브에 라인을 넣어서, 각 학생의 소속 기숙사를 연회장 끝에서도 알아볼 수 있도록 복장에 뚜렷이 드러냈다. 학생들은 뾰족한 모자 대신 후드를 썼는데 트밈은 그것이 좀 더 "도시적"인 디자인이라고 생각했다. "호그와트 교복을, 모든 아이들이 모자 달린 옷을 입는 21세기와 연결하고 싶었어요." 트밈과 알폰소 쿠아론 감독의 뜻이 일치한 또 한 가지는 아이들이 자라면서 "자기 방식으로 입고 싶어 할 것"이라는 생각이었다. 그래서 학생들이 각자의 개성에 따라 속셔츠, 카디건, 스웨터 등을 선택할 수 있도록 했다. 학생들은 이제 셔츠를 밖으로 늘어뜨릴 수 있고, 넥타이를 헐렁하게 맬 수도 있었다. (덜로리스 엄브리지가 오기 전까지는 말이다.)

왼쪽: 회색이 줄고 검은색이 늘어난 자니 트밈의 새 호그와트 교복 디자인. 로랑 귄치 스케치.
52쪽: 〈해리 포터와 불사조 기사단〉 홍보용 사진 속 데번 머리(셰이머스 피니건), 매슈 루이스(네빌 롱보텀), 앨프리드 이넉(딘 토머스).
위: 〈해리 포터와 아즈카반의 죄수〉에서 고일과 드레이코 말포이가 로브에 달린 모자를 쓰고 있다.

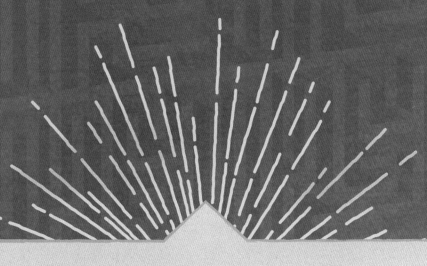

CHAPTER 2
트라이위저드 대회

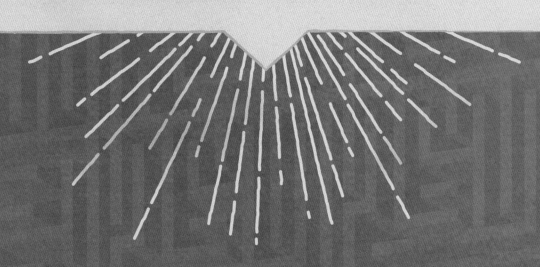

호그와트
해리 포터

자니 트밈은 말한다. "사람들은 해리가 입는 옷을 한 벌만 만들면 될 거라고 생각하죠. 하지만 해리에게는 대역이 있고 스턴트 대역도 있어서, 의상을 여러 벌 만들어야 해요. 용 의상은 다섯 단계로 만들었어요. 그가 처음 등장할 때의 깨끗한 버전부터 마지막에 완전히 망가진 버전까지요. 우리는 해리의 용 의상만 35벌 이상 만들었어요." 마모 작업 팀은 사포와 라이터 등으로 해리가 불을 뿜는 헝가리 혼테일과 만난 흔적을 만들었다.

분장과 헤어 팀은 트라이위저드 대회의 두 번째 과제에서 특히 큰 어려움을 겪었다. 대니얼 래드클리프가 첫 번째 과제에서 용과 싸우다가 어깨에 입은 상처도 만들어야 했고, 물속에서 눈이 충혈되는 것을 막기 위해 대니얼이 중간중간 휴식 때 쓰는 잠수 마스크가 이마의 번개 모양 흉터를 정확히 덮도록 해야 했기 때문이다. 흉터가 조금이라도 틀어져서는 안 됐다. 그래서 어맨다 나이트와 팀원들은 좀 더 튼튼한 방수 분장을 개발했다. 나이트는 이렇게 회상한다. "흉터가 몇 번인가 떨어졌어요. 그래서 흉터를 몇 차례 다시 붙여주어야 했죠. 하지만 탱크 안에서 벌어지는 일들을 우리가 통제할 수는 없었어요. 우린 그냥 옆에서 초조하게 대기하고 있을 뿐이었죠."

닉 더드먼 팀의 또 한 가지 과제는 아가미풀을 먹은 뒤 해리의 손과 발에 생겨나는 물갈퀴를 만드는 것이었다. 지느러미는 대니얼의 발에 안쪽은 약간 단단하고 바

54쪽: 트라이위저드 대회 세 번째 과제를 수행하기 위해 미로에 들어간 해리 포터.

원 안: 대니얼 래드클리프, 〈해리 포터와 불의 잔〉의 홍보용 사진.

위 왼쪽, 아래, 57쪽 위: 자니 트밈이 트라이위저드 대회의 세 가지 과제를 위해 디자인한 옷들은 빗자루 비행과 수영에 적합해야 했다. 마우리시오 카네이로 스케치.

위: 용 경기장에서 첫 번째 과제를 수행하는 해리.

57쪽 아래: 해리가 두 번째 과제를 위해 아가미풀을 먹은 결과 특수효과 아래가 아가미가 생겨난 위치. 더멋 파워 아트워크.

깔쭉은 부드럽고 유연한 보형물을 붙여서 쉽게 처리했다. 발목과 뒤꿈치는 후반 제작에서 디지털 작업으로 지웠다.

물갈퀴 손은 좀 더 실험이 필요했다. 처음에는 대니얼의 손가락 사이에 물갈퀴 모양의 물체를 부착해 보았지만, 헤엄치느라 손으로 물을 헤치면 자꾸 떨어졌다. 두 번째 실험은 물갈퀴가 달린 얇은 장갑을 끼는 것이었다. 이것은 떨어져 나가지는 않았지만 손이 두꺼워 보였고, 장갑의 길이를 길게 했더니 손이 너무 커보였다. 해법은 미술 마무리 팀원 한 명이 스타킹을 세탁하는 모습을 보고 나왔다. 더드먼은 말한다. "그녀가 스타킹을 팔에 씌운 채 물속에서 손을 폈는데, 손 위의 스타킹이 보이지 않는 거예요." 그래서 스타킹을 대니얼의 양손에 씌우고 상의 안쪽까지 끌어 올렸다. 그런 다음 접착제로 손가락 사이에 나일론을 두 겹 붙였다. 더드먼은 말한다. "손에 꼽을 만큼 멋진 해결책이었어요."

두 번째 과제에서 대니얼이 입은 상의는 호수 위에서는 그리핀도르 기숙사의 붉은색으로 보인다. 하지만 물속에 들어가면 또 다른 착시가 일어난다. 민물이나 소금물 속에서 촬영하면 옷의 색깔이 달라지기 때문이다. 이 경우에는 붉은색이 흑갈색으로 보인다. 그래서 실제로 대니얼이 물속에서 입은 상의는 오렌지색이었다.

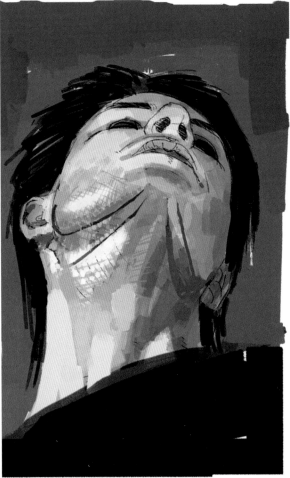

호그와트
세드릭 디고리

영화 〈해리 포터와 불의 잔〉에서 트라이위저드 대회의 호그와트 대표 선수를 연기한 배우 로버트 패틴슨은 말한다. "세드릭은 정말 멋진 친구죠. 그는 정정당당하게 경기하고 규칙을 지켜요." 하지만 로버트 패틴슨이 인정하듯이 "멋진 사람을 연기하면 정말 큰 압박을 받아요! 멋진 사람에 대한 사람들의 선입견이 있거든요……." 마이크 뉴얼 감독은 이 역할의 캐스팅에 특히 신경을 많이 썼다. "세드릭은 결국 죽습니다. 죽으면서 중요한 역할을 하고요. 저는 세드릭이 궁극의 전투기 조종사처럼 희생적인 인물이 되기를 바랐습니다. 로버트는 그렇게 할 수 있는 배우였어요. 빛나는 외모에, 고귀한 운명의 분위기를 풍기고 있었죠."

트라이위저드 대회의 대표 선수 의상을 만들 때 자니 트밈은 세 가지 과제를 수행하는 동안 버텨줄 질긴 인조 섬유를 선택했다. 이 디자인은 〈해리 포터와 아즈카반의 죄수〉에서 퀴디치 유니폼을 새로 디자인하는 열쇠가 되었다. 호그와트 의상은 해리와 세드릭 모두 기숙사 색깔만 다를 뿐 디자인이 똑같았다. 하지만 다양한 스턴트 장면으로 옷이 손상되었기 때문에 여러 벌의 옷이 필요했다. 세 가지 시험의 스턴트 장면들은 모든 배우들을 몹시 힘들게 했다. 로버트 패틴슨은 영화에 처음 나올 때 나무에서 뛰어내리는 장면이 "악몽 같았다"고 말한다. "3.6미터 높이에서 뛰어내리는 건 무릎에 무리가 가요. 처음에는 재미있었는데, 얼마 지나자 무릎이 굳어버리더라고요. 마지막 테이크의 착륙 장면에서는 얼굴에 힘들다고 쓰여 있던데요!"

영화 속 등장:
〈해리 포터와 불의 잔〉

기숙사: 후플푸프

직업: 호그와트 학생,
트라이위저드 대회 대표 선수,
후플푸프 수색꾼

세드릭의 마법 지팡이

지휘봉처럼 생긴 세드릭 디고리의 지팡이는 끝머리가 까맣고, 몸통에는 바퀴 같은 문양들이 있으며, 손잡이에는 연금술 상징 기호들이 새겨졌다.

원 안과 59쪽: 후플푸프 대표 선수 세드릭 디고리 역의 로버트 패틴슨.
오른쪽: 〈해리 포터와 불의 잔〉의 세드릭의 대표 선수 복장. 자니 트밈 의상 디자인, 마우리시오 카네이로 스케치.

보바통

플뢰르 들라쿠르와 보바통 여학생들

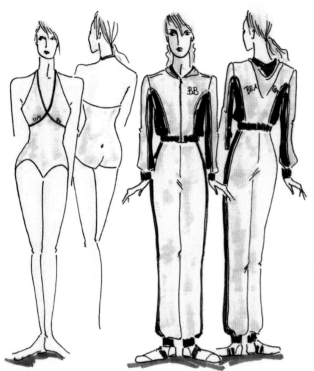

영화 속 첫 등장:
〈해리 포터와 불의 잔〉

재등장:
〈해리 포터와 죽음의 성물 1부〉,
〈해리 포터와 죽음의 성물 2부〉

직업: 보바통 학생,
트라이위저드 대회 대표 선수

플뢰르 들라쿠르를 연기한 클레망스 포에지는 〈해리 포터와 불의 잔〉에서 보바통 여학생들이 호그와트의 대연회장에 입장하는 모습이 인상적이라고 느꼈다. "하지만 한 번만이라도 좋으니 덤스트랭 남학생들과 역을 바꾸어서 그들처럼 입장해 보고 싶었어요." 포에지는 〈해리 포터〉 소설의 열렬한 팬이었고, 자신이 맡은 배역에 대한 견해가 확실했다. "어떻게 보면 플뢰르는 영국인이 생각하는 프랑스 소녀의 모습이에요. 세련되고 우아하고 진지하고 까탈스럽죠. 제가 고등학교 시절에 싫어하던 딱 그런 스타일의 여학생이에요!" 포에지는 웃으며 말한다. "플뢰르 자체는 상투적이지 않지만, 그녀에겐 프랑스에 대한 많은 상투적인 견해가 투영돼 있어요."

어린 시절 프랑스의 기숙학교에 다녔던 자니 트밈은 그 시절을 이렇게 기억한다. "우리는 늘 똑같은 옷을 입어야 했어요. 그래서 즐거웠죠. 그게 영국 아이들과의 차이인 것 같아요. 영국 아이들은 교복을 입게 되면 그걸 수선할 방법부터 찾으니까요." 트밈은 프랑스인으로서 관찰한 또 한 가지를 의상 디자인에 활용했는데, 바로 스코틀랜드의 추운 날씨다.

"네가 내 동생을 구했어.
네 인질도 아니었는데 말이야."

플뢰르 들라쿠르, 〈해리 포터와 불의 잔〉

"스코틀랜드에서는 모직 옷을 입어요. 아름다운 모직이라도 어쨌건 모직이죠. 모직은 실용적이고 따뜻해요. 그런데 프랑스 여학생들은 실크 옷을 입고 오죠. 스코틀랜드의 기후를 전혀 의식하지 않고 완전히 비현실적인 면이 멋지다고 생각했어요." 트림은 이들의 옷에 '프렌치 블루'색을 사용했고, 그 색은 다른 학생들의 차분한 검은색, 갈색, 회색 사이에서 두드러졌다. 페도라 모자를 마법사식으로 변형한 듯한 뾰족 모자와 짧은 망토는 짧은 드레스 또는 짧은 재킷 정장에 완벽하게 어울렸다.

플뢰르의 마법 지팡이

플뢰르 들라쿠르의 지팡이는 손잡이에 복잡한 조각 장식이 새겨지고, 몸통은 기다란 나뭇잎 문양이 감싸고 있다.

60쪽 원 안과 60쪽 오른쪽: 보바통 대표 선수 플뢰르 들라쿠르 역의 클레망스 포에지.
60쪽 위: 플뢰르의 트라이위저드 대회 복장. 마우리시오 카네이로 스케치.
위: 〈해리 포터와 불의 잔〉에서 막심 교장이 보바통 학생들을 따라 연회장으로 들어오고 있다.
아래 왼쪽: 가브리엘 들라쿠르(왼쪽과 오른쪽)의 옷과 그리 따뜻하지 않은 프렌치 블루 색깔의 보바통 교복(가운데). 자니 트밈 디자인. 마우리시오 카네이로 스케치.

덤스트랭
빅토르 크룸과 덤스트랭 남학생들

스타니슬라브 이아네브스키는 덤스트랭 대표 선수이자 '불가리아의 봉봉bonbon'(프랑스어로 사탕이란 뜻으로, 리타 스키터가 빅토르를 표현한 말이다—옮긴이)인 빅토르 크룸 역을 맡은 일이 "할리우드 동화" 같았다고 말한다. "학교에서 복도를 달려가고 있었는데, 캐스팅 감독이 지나가다가 제가 누군가에게 소리치는 소리를 듣고는 오디션을 보라고 했어요." 하지만 아이러니하게도 목소리로 눈길을 끈 이아네브스키는 "말이 별로 없고 신체 능력을 자랑하는 역할"을 맡게 되었다. 거기다 이아네브스키는 불가리아 출신이지만 영국에 오래 산 까닭에 불가리아식 억양을 다 잊은 상태였다. "영화에서 빅토르 크룸은 영어가 서툰 걸로 나와요. 그래서 저는 투박한 불가리아식 억양을 되찾아야 했죠."

자니 트밈은 북유럽에 자리한 마법학교인 '덤스트랭의 아들들'에게 슬라브풍을 더한 따뜻한 울 소재 옷을 제공했다. 보바통 여학생들과 달리, 덤스트랭 남학생들은 깃이 높고 모피를 두른 겨울옷을 입었다. 카르카로프 일행의 셔츠와 코트 허리띠의 버클에는 덤스트랭의 문양인 머리 둘 달린 독수리가 새겨지고, 단추는 두꺼운 물체를 꽉 잡는 독수리 발톱처럼 생겼다. 학생들은 러시아 전통 모자인 우샨카(귀마개가 달린 털모자)를 변형한 모자와 위가 뾰족한 샤프카 모자를 썼다. 트밈은 덤스트랭을 일종의 군사 학교로 생각해서 복장에서도 실용성을 중시했고, 호그와트와 달리 학생들에게 개인적 선택권을 주지 않았다. 그리고 에트네 페넬의 말처럼 "학생들 머리는 이틀에 한 번꼴로 잘라서" 절대 기르지 못하게 했다. 이아네브스키는 이런 복장이 캐릭터를 만드는 데 도움이 되었다고 말한다. "제가 입는 코트는 아주 크고 따뜻했어요. 일단 입으면 따뜻한 것을 찾지 않게 됐어요. 덕분에 전 더 강해졌고, 더 집중할 수 있었어요. 그 큰 코트를 입으면 우쭐해지는 느낌이었죠."

영화 속 첫 등장:
〈해리 포터와 불의 잔〉
재등장:
〈해리 포터와 죽음의 성물 1부〉(영화에서 삭제됨)
직업: 덤스트랭 학생,
불가리아 퀴디치 대표팀 수색꾼,
트라이위저드 대회 대표 선수

크룸의 마법 지팡이

빅토르 크룸의 지팡이 손잡이에는 덤스트랭의 상징인 독수리와 비슷한 황조롱이 머리 모양이 새겨져 있다. 자연스러운 곡선이 있는 가벼운 재질의 나무를 거칠게 깎아서 만들었다.

"주로 내가 공부하는 걸 보고 있어.
좀 짜증 나."

헤르미온느 그레인저,
〈해리 포터와 불의 잔〉

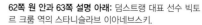

62쪽 원 안과 63쪽 설명 아래: 덤스트랭 대표 선수 빅토르 크룸 역의 스타니슬라브 이아네브스키.

62쪽 오른쪽: 〈해리 포터와 불의 잔〉에서 크룸이 카르카로프 교장과 부관을 양옆에 데리고 연회장에 들어온다.

62쪽 아래: 〈해리 포터와 불의 잔〉을 위한 애덤 브록뱅크 아트워크.

위 왼쪽: 학생 코트의 세 가지 모습. 모두 아주 따뜻하다.

아래 왼쪽: 크룸이 트라이위저드 대회 때 입은 대표 선수 옷에는 학교의 상징인 쌍두 독수리가 새겨져 있다. 마우리시오 카네이로 스케치.

해리 포터 필름 볼트 Vol. 4
: 호그와트 학생들

초판 1쇄 인쇄 2021년 10월 20일
초판 1쇄 발행 2021년 12월 29일

지은이 | 조디 리벤슨
옮긴이 | 고정아, 강동혁
발행인 | 강봉자, 김은경

펴낸곳 | (주)문학수첩
주소 | 경기도 파주시 회동길 503-1(문발동 633-4) 출판문화단지
전화 | 031-955-9088(마케팅부), 9532(편집부)
팩스 | 031-955-9066
등록 | 1991년 11월 27일 제16-482호

홈페이지 | www.moonhak.co.kr
블로그 | blog.naver.com/moonhak91
이메일 | moonhak@moonhak.co.kr

ISBN 978-89-8392-873-3 04840
      978-89-8392-869-6(세트)

* 고유명사 등의 용어는 《해리 포터》 20주년 새 번역본을 따랐습니다.
* 파본은 구매처에서 바꾸어 드립니다.